U0493215

Within reach of the bohemia

米娅 / 著　　枕边的波西米亚

北方文艺出版社

目录

- 黑眼睛的尤兰塔　　　001

- 波西米亚少女　　　021

- 洛可可的楼　　　038

- 莉莉安啊莉莉安　　　055

- 亲爱的老梅吉　　　074

- 伊斯坦布尔之夜　　　092

- 楼管太太的黄昏　　　108

- 暂别伏尔塔瓦　　　128

目录 / CONTENTS

- 加利西亚的劳拉　　　　145

- 当丹妮莎遇见克里斯蒂　164

- 克鲁姆洛夫的猫　　　　182

- 梦旅人　　　　　　　　200

- 复苏的灵魂　　　　　　218

- 三区的墓地　　　　　　238

- 谋杀索菲亚　　　　　　257

黑眼睛的尤兰塔

时隔两年，再次想到我的黑眼睛的尤兰塔，是在回国的夜间班机上。

凌晨三点半，已经晚点三十多分钟了！

我的位置在机舱最右边靠窗的角落。坐定很久了，随身行李也已安置好，只剩下心急火燎的等待。广播已经通报了三四遍，可是引擎巨大的轰鸣声严重扰乱了我的听觉。凭猜测也能知道，无非是航班推迟的惯用借口。什么天气状况不稳定啦，跑道堵塞啊，交通指挥故障啊，或者就是目的地上空乌云不散，电闪雷鸣之类的啊……

我隔几秒钟就盯着手表看，足足看了十几二十遍。可是飞机就像是被镶在了地表一般仍然纹丝不动，而秒针不顾一切地向前奔，然后是分针，最后连时针的微微颤动我都看得一清二楚。我焦急地向窗子外望,机翼巨大的翅影遮住了四分之三的视线,剩下的四分之一,全然被湮没在了茫茫黑夜之中。

乘客们开始小声抱怨,骚动的人群中夹杂着令人耳乏的唏嘘声,躁郁越来越明显。有人在过道上不安地踱步,有人开始卸行李,说要下飞机等候。可是大部分乘客依旧手足无措地坐在位子上,小声议论着什么。

"他妈的!每次都延误!什么破航班!他妈的!"是一句英语,但带着浓重的斯拉夫味儿。

顿时,小声咒骂的人群倒像是被充足了底气,一瞬间,危机四伏的传唤铃声络绎不绝地响起来。

担心的事情终是发生了!

这样的延误事件已经不是一两次了,所以才会有此预感。就像米兰昆德拉说的,恐惧与担心来自于迷惘或未知的将来!

为了回家过年,我早早地向学校请了周假,落实了居留,提前三个月预定了土耳其航空的航班。因为没有从布拉格直飞的航线,所以中间还要换航两次。一拖延,倒机的时间就不够啦!这么一想,我更担心啦!难不成我要被扔在伊斯坦布尔一整晚吗?在冰冷陌生的大街上?看着那些裹着一身黑,鬼影般的伊斯兰女人?还要拖着我三十公斤重的行李!我越来越着急，完全没兴致享受这番热闹景象了。广播里传来苟延残喘般微弱的通知，却被鼎沸的人声无情地压了下去。

就在闹得最欢的时候，飞机竟然动了起来！大家也不急着抱怨了，都争相往窗外望，以便确定。

余火还未燃尽，就看到一个女孩托着超大的背包出现在了舱口。她二十五六岁的样子，汗津津的脸庞，穿着旧牛仔裤和一件厚呢子大衣，一副随遇而安的样子。她一边点头一边马不停蹄地朝里走，口中还念念有词，好像是在道歉！

还没等我反应，她就"咚"的一声跌进了我旁边的座椅里，动作极大，我的座位跟着一颤！

"抱歉，真的很抱歉！"她大口大口喘着气，一边将行李往座位底下塞，根本没顾上看我。

我没好气地"嗯哼"了一声，没接话。"原来延时这么久的潜在因素不是技术性的，不是自然性的，只是因为小小的你的迟到？"当然，这句话我没说出口。

"是因为上班飞机延误！上一个城市在下雪！"她这才安静下来，着手解大衣的纽扣。

这种感觉似曾相识，我顿时生了兴头。"那太巧了！上一回我从中国回捷克,在阿姆斯特丹倒机,结果也是因为晚点没赶上,飞机上的人足足等了我二十多分钟!我登机的时候,他们的眼神都齐刷刷地向我行注目礼!当时我还觉得特别光荣呢!"

"哈哈!"她大笑了几声,那种紧张与陌生完全被吹散了。她的笑声很好听,湿润,干脆,一尘不染。我知道,在这件事上,我心存的芥蒂已经完全消失了。

"我叫尤兰塔,来自波兰!我在英国上学!正逢假期去其他国家看看!"说着,她伸出了手掌……

我愣了一下,这一下足足有四五秒之久。她也来自波兰,在英国读大学?她也叫尤兰塔,有着黑眼睛红头发?

她将打开的手掌冲我挥了挥。我瞬间醒过来,意识到这样盯着别人的脸看是多么不礼貌。"对不起!"我悻悻地收回目光,连忙小声道歉。

她倒是一副无所谓的样子:"好啦,这个没关系的!现在轮到你说了,我还不知道你叫什么名字!"

"我叫克里斯蒂,中国人,在布拉格读大学,现在赶回家过年……"我用极不标准的波兰语,装模作样地作了一番华丽丽的自我介绍,也没管人家听不听得懂。

这个尤兰塔一下子起了兴趣,一个劲儿地问我,怎么会说波兰语。

于是,我决定把我的那个"尤兰塔"讲给她听。

深夜的机场,人们不是在排队过安检就是靠在座椅上小睡。我拖着沉重的行李往巴士站走,脚步疲乏到不行。按照学校网页上提供的路线,我没怎么花心思便站在了学生宿舍楼下。是一栋东欧式的老建筑,矮矮三层,灰色的斑驳墙皮就像被雨水浸湿了的旧书。从这个角度向上望,整个楼面没留下一扇透着亮光的窗户,估计大家都已经睡熟了。

我走上台阶,把脸贴在巨大的玻璃门前向里望。悬在大厅顶部的六盏白炽灯,只有两盏还亮着;角落里的几台自动咖啡机已经下班了;还有一位看门的老太太,她正披着大围巾,蜷在沙发一角打瞌睡。我注意到她的短发,是明亮的青紫色。

我借着微弱的白光找到镶在墙壁上的门铃,有好几个按钮,我也闹不清应该是哪一个,于是挑了唯一的红色键按下去。与此同时,那个老太太在我的余光中惊醒了。她睡眼惺忪地向我望,我挥了挥手,她皱着眉头站在那里不动,嘴里嘟嘟囔囔的,好像是生气了。我又将行李朝她能看见的地方挪了挪,她这才理了理头上的那团紫火,在沙发里侧的墙角找到另一只拖鞋,然后拿起钥匙来开门。

我来到窗口,将预订房间的文件拿给她。她看都没看就朝我嘟噜嘟噜地说起话来,一边还用力摆着双手。等到她说完,我才使劲儿摇头说自己听不懂。于是她指了指我身后的卷闸门——原来办事处已经下班了!我用英语问她是不是今晚不能入住了,她撇了撇嘴,将双手向外一摊。这下我可急坏了,又是掏钱又是摆护照的,瞎忙活了好久可就是没办法沟通!

直到一个红头发,身着白长裙的女孩从旋转阶梯上缓缓滑下来。她赤着脚,抱着一大捆衣服,看起来是要用洗衣间。老太太不情不愿地将钥匙递给她,抬脚往屋里去。我赶紧向她求救,用英语说明了我的意图,于是她用捷克语添油加醋地帮我跟老太太交涉了一番。

"登记处已经下班了,明早十点开门。她同意你先入住,不过要把护照复印件留下。"她笑着解释给我听。

"可以的!"我一边说一边把准备好的复印件往外掏。

"今晚你可以住在我的隔壁,单人间。等明天登记处开门了再投资料!"

我高兴地不得了，拉着她的袖口道谢。"你等我，我把脏衣服放进洗衣机就出来！"她干净地转身，裙摆划出了好看的弧线。紫头发把钥匙递给了我，还厉声叮咛了几句。大概就是要我小心，不要弄丢，不然要高价赔偿之类的。

我们一起将沉重的行李搬上楼，一直送进里屋。房间很小，二十平不到的样子。只陈列着一张桌子，一张床和门角枣红色的立式衣柜，储物架钉在墙壁上，好在遮挡阳光的是我喜欢的百叶窗。

"这个套间里一共有六个小房间，目前除我们之外还有两个人分别来自罗马尼亚和乌克兰。卫生间、厨房和浴室是共用的。走道尽头是一个大露台，可是从我住进来就没见开过！还有，煤气灶和冰箱也是共用的。"她说着就开门往外走。"对了，我住你左边，我叫尤兰塔！"

"我叫克里斯蒂！"话音还没来得及落下，门就被碰上了。

我没有力气洗漱，也没有入睡的过程，栽进枕头里就开始做梦了。

第二天早上醒得很早，先是沿着走道在屋里转了一圈。每一扇门都被之前或当下的住宿者画上了小小的标记,有贴着澳大利亚的考拉,巴黎的埃菲尔铁塔,加拿大的枫叶旗,或者用小刀刻下"我爱巴西"……只有尤兰塔的门上贴着一张红头发女孩的手绘画。指针一到十点我就飞奔下楼去登记,卷闸门已经被高高挂起了。管理员是一个金发碧眼的中年女人。

"新来的?打算住多久?"她问,声音细细的却也冷冰。

"暂时住到下次缴款前。"

"这样的地段,这样的套房,这么便宜的价格,只住到下次缴款前?"她又问。

这里的地段确实不错,走五分钟就是布拉格城堡。游客多,景色繁华,交通也很方便,最重要的是,上课从来不迟到,就算是晚几分钟,也可以打幌子,说是游客太多,电车下山不准点啦!

"可能还会住久一些吧,到时候再说!"我搪塞着。她没再说什么。

然后我签了住房合同,得到一张证明和一根短到不行的网线。

初来乍到，人与人之间的接触并没有我想象的频繁。

罗马尼亚的女孩我只见过一次。是在我洗澡的时候，她突然间门也不敲地闯进来，说是自己的浴液忘在这里了。我将塑料瓶从浴缸一角捡起来递给她，她还不走。我也不能安心洗澡啦，就透过浴帘缝隙向外望，她竟然正将瓶子举在镜前灯下查看浴液有没有减少！我的自尊一下就膨胀啦，这不就是赤裸裸的无端猜忌吗？

"我没有碰它！我甚至没注意到它！"我大声说道，掺杂着哗啦啦的水声。

她什么都没说，径直走了出去。我暗下决心不再和她有任何瓜葛！说来也奇怪，套间那么小，可从那之后我们再没碰过几次面。

至于那个乌克兰的女学生，我是一次都没有见到过。听说她住在走廊尽头靠露台的那个房间，好几个夜深人静的凌晨，我都听到细跟高跟鞋朝那个方向移动的清脆声响。直到有一天，我放学回宿舍。两只亮红色大行李箱摆在套房门口，我换了衣服再出来看，它们已经不在那儿了。

从那以后，深夜里我再也没听到过任何细高跟的声响……套间里就此剩下了我们三个。

短短的一段时间里,我放在冰箱里的食物总是不翼而飞——香肠莫名其妙被切去一半,六只一盒的鸡蛋,过一夜就只剩四只,完整的一颗卷心菜一圈一圈瘦得飞快,还有牛奶、土豆、生姜……

一定是那个罗马尼亚人干的!不然她怎么会疑神疑鬼我用了她的沐浴液?一定是她!毫无疑问!后来丢得越来越多,我差点去踹她的房门,幸亏被尤兰塔及时制止了。

"住宿舍就是有这个问题,知道就好啦!大家还是要相处的啊!你也偶尔偷偷她的食物也就平衡啦!"

基于此,我更不愿意搭理她了!于是我净买些土豆、西红柿什么的便宜货,就算被偷也没多大的损失!

虽然尤兰塔与我仅仅一墙之隔,我们却也没有过多的交流。可能是因为上课时间不同,出入规律存在差异。我只知道她的名字,仅此而已。

直到有一天,晚上,入睡之前。我去开冰箱,发现下午刚买的一大桶酸奶连桶带奶一起消失了。我知道又是那个罗马尼亚女孩干的,于是去找尤兰塔,想跟她商量商量对策。伸手敲她的门,却发现门没有闭严。我先是好奇地偷偷向里望,结果大吃一惊——她正仰在座椅上,翘着脚看电影,手里端着我的大酸奶桶!

终于爆发了!我二话没说推开大门,木头吱吱作响。她望着我,整个人都僵住啦!

"一直是你偷吃是不是啊?"我指着酸奶大声质问!

她才将半截勺子从嘴里取出来:"对不起,对不起!我实在是太饿啦!对不起啊!"她向我道歉,就快要哭出来啦!

我气得一个英文单词都想不起来了!于是一直盯着她的眼睛看,她的眼睛是黑色的!红色的头发,白皙的皮肤,瞳孔竟然是黑色的!欧洲人也会有黑眼睛啊!看到和我一样颜色的瞳孔,我竟然瞬间就消气了。

我从厨房又拿来一个长把勺子,拉她坐在地板上,继续挖剩下的那少半桶酸奶……

"不如去浴室吧!那里有电暖器,坐在地板上可舒服啦!"看我情绪缓和了不少,她立刻提议道。

于是,我们往浴室转移。除了酸奶,她还端来盛姜茶的小锅,两只瓷杯子和一个小糖罐。

"你喝,你喝!我给里面撒了一点点糖和胡椒呢!"她边说边把杯子往我嘴边送。

"胡椒?这还怎么喝啊!辣死了!"我凑上去闻了闻。

"不辣的,你尝尝!一个印度的朋友教我的。冬天喝几口就暖和了!本来还要放茴香、肉桂之类的,我怕味道太重了!"

我喝了一口,还真是那么回事儿!又接着喝了几口,热流从脚底下开始注满全身。"真好喝!姜放得不多,胡椒也刚刚好,一点也不呛!茶用的是哪一种啊?一定要水果茶吗?"

她开始支吾,头也低下去了。"茶……茶就是放在壁橱里的那一小盒啊。"

我"哦"了一声,同时反应过来了:"那不是我买的吗?是画着草莓的那盒吗?"

"嗯。"声音不深不浅的。就像是等候着我的发落。

"好啦好啦!不追究啦!反正我也在喝嘛!"我摆摆手,将暖气调低了一个挡。

"我来自波兰。波兰很不起眼的,你们东方人可能只知道华沙吧!可是我不来自华沙,我来自一个和斯洛伐克接壤的小镇子。我们那里很美的,到处都是山,春夏放眼望去一片绿色,到了冬天是沧桑到死的黑灰色。"她描述着,语调里满是自由与骄傲!

我重新煮了一锅茶,然后坐回来继续听她讲。

"我妈妈没有工作,只照顾家里。爸爸是木工,天天往返于森林和镇之间。我有个姐姐,嫁到了澳大利亚,在一所语言培训中心教波兰语。现在每个月的生活费就是她给我寄。我们家每个月领镇上的补助,除了正常的生活支出我们什么都没有。但是爸爸为我们盖了一所小木屋,带花园的那种!"她比画起来。"我喜欢画画,还喜欢雕塑!我们家的墙壁已经被我画满啦!"说着她起身去房间将电脑搬来,给我看她家的照片。

有一张是她穿着碎花的裙子站在一堵雪白的墙壁前,正弓着腰给完成了一半的壁画上色。手里端着一个大尺寸的颜料盘,绚烂的色彩混在一起!

"当然,我在英国上大学的钱也是政府出的!"

"你在英国上学,那为什么会在这里?"我插了一句。

"我学的是导演,当然就要积累生活经验与素材!学校提供了出国交换的机会,我当然不能错过!"她一边说,一边向我展示着其他的作品——有骑在白熊背上的男人;躲在原始丛林背后,只露出半个脑袋的野性女孩;还有在落寞的灰色城市上空荡秋千的黑头发女孩……其中有一幅是我最喜欢的——一个半裸的男人站在城市之巅的踏板边缘,他踮起脚一手托着女孩的腰，一手捧着她的脸颊。女孩穿着白色蕾丝裙，双脚悬在半空中。他们深深地亲吻，就连路过唇间的空气也都绕道而行。

"听说学电影很贵，器材什么的花销特别大！而且学完之后还不知道会落到怎样的境地，说不定连本儿都收不回来！"

"是啊，这些我都明白！可换个角度想想，很多人拼命地活着，可他们没有梦想。所以他们不知道自己为什么而活着。那种匮乏的生命观是很可悲的！现在我有梦想，虽然条件不怎么样，那我也要努力向前冲一冲啊！再说我还会画画和摄影，道路还是很宽广的嘛！"

我们继续喝茶，聊天，一直到天亮。那个罗马尼亚的女孩进来洗澡，先是一愣，门都没开全就捂着鼻子径直走开。

后来，尤兰塔偶尔还是会拿我的东西吃，我都装作不知道。有时候我做好了饭菜，还会端去和她一起分享。不知什么时候开始，我们已经能用捷克语交流了。我自己能说，也能听懂她的！

没过多久的一天下午，尤兰塔来敲我的房门。我打开门，看她站在那儿，手里拿着一件崭新的T恤和一条红色的百褶裙。还没等我问个究竟，她就将它们塞到我的手里。

"克里斯蒂,这两件衣服是我姐姐从澳大利亚寄来的!放挺久了,可是我一直都没穿过,现在我长胖了一些,再也穿不上了。所以送给你!就当是我用衣服换你的食物,这样我心里也会平衡一些嘛!"我还没道谢,她就回房间了。我穿上在镜子前转了两圈,还真是好看又合身。

那段时间我们总是吃不饱,或者吃饱后没过多久又会很饿。钱一直都不是很富裕,现在多了半个人就更要省着用了。于是我们变着法儿地将食物凑在一起吃。比如生姜片蒸米饭啊,番茄芹菜汤啊,馒头片蘸蒜酱啊……总之市场什么打折买什么,什么材料都可以想办法做出来吃。

有时候我们会赶在超市关门之前买来廉价的牛奶和打折的烤鸡,然后将鸡肉剔下来,干鸡架和香菇一起用来煲汤。这样算来,一周的伙食都够啦!或者买来方便面,面饼泡一顿,料包剩下,隔天和米饭一起煮来吃。还有一次洋葱打折,我们买了很大的一兜!那段时间几乎每天都在吃洋葱,在开水里滚一下,就着面包片干吃。

一个周末,尤兰塔说如果洋葱放在面包片上,再涂点黄油就更好啦!于是我下楼去街拐角的一家小超市买黄油。当时的捷克语还不是很好,词汇量也不是很大。进了商店,整整两大排不同品牌的黄油块摆在货架上方。我看了又看,好像除了价格之外没有什么大的区别。于是,我侥幸拿了左手边价格最低的一块。结账的时候心里特别欢快,因为捡到了一个大便宜!

回到厨房,把黄油递给尤兰塔,任她处理!

"克里斯蒂!我的上帝!看看你干了什么!"紧接着她放声大笑。我赶快去查字典,然后托着字典扶在门框上和她一起笑!之后的一个周,洋葱堆在墙角,我们开始改吃"猪油煮白菜"!可不管怎么说,我们算是改善了伙食啊!不然估计我的汗液都要变成洋葱味啦!

这期间,尤兰塔还是陆陆续续地送给我没怎么穿过的衣裳,我都一一接受了,除了那件红色的裙子其他我都没上过身,我把它们整整齐齐地叠在衣柜最下层……

她偶尔会背着摄像机午夜出门,趁夜深人静去公园里拍短片,于是我一个人躺在小床上,楼道里传来俄罗斯女孩们疯狂的大笑声……有一天早上她照常回来了,她站在我的床边,手里握着一个小方盒。

"克里斯蒂,猜一猜这是什么?"她说着,满眼的欢喜。

"录影带？胶卷？还是什么新设备？"我穿上衣服，准备起床！

"你快点儿！来厨房！"

我来到厨房门口，就看到她在切一棵大白菜。手边放着刚才的那个小方盒。

"是蔬菜汤包！"她拿起来，在我眼前晃了晃。

我定睛看了看，是超市自产的，最廉价的那一种。我突然想哭，于是接过菜刀切白菜，她去拿锅烧水。

"你父母真开明，竟然支持你学艺术！"我用力剁着菜根。

"我的路我当然得自己选啦！父母也尊重我的选择。你父母不支持你学艺术吗？我看你很喜欢文学啊！"她转过了身。

"岂止是不支持，根本就是不允许！"

"为什么？"

"因为我爸说了，那是一条不归路！总有一天我会变得又疯又穷的！"她显然被这句话逗笑了，"你们中国人都那么现实吗？"

"不现实吃什么啊！？"我接过话把儿，顺势指了指躺地乱七八糟的大白菜。她愣了一下，然后咯咯地笑，"好啦好啦！就算你对吧！你是对的啊！"

一个周三的早晨，她邀请我去他们学校看电影。说是一周一节选修课，电影赏析，不点名的，所以没有人会注意到我。于是我们欣然前往。没料到半途下起了倾盆大雨，我们只好折回宿舍拿雨伞。

毫无疑问，我们迟到了。站在门口打报告的时候，所有人的目光都集中在了我这个陌生外来者的身上。他们从头到脚地打量我，有人在擦鼻涕，有人在小声讨论什么。那天下雨，我换了一双愚蠢的大头平底鞋，我不住地向后缩，因为我认定了他们是在嘲笑我的皮鞋！

"看来我的课越来越受欢迎啦！不仅没人缺席，还有新同学！"教授开了玩笑，并请我们坐下。大家开始起哄，用力拍手，吹口哨，发出尖叫。尤兰塔赶紧拉我坐到了最后一排的角落里。

是一部黑白默片，没过多久我就开始打瞌睡。可是周围的同学呢？他们跟着剧情的发展窃窃地笑，哀叹，或者哭泣。擦鼻涕的声音此起彼伏！尤兰塔在暗影里冲我笑，还时不时拍拍我的手臂！

后来，我又跟着她去了几次电影课。虽然都没有迟到，也没有再穿那双大头皮鞋，但依然能收到友好而欢乐的起哄声。

终于有一天，她要回英国了。而我也提前联系到了更便宜的居所。位置很偏，交通也不方便，更看不到布拉格城堡和伏尔塔瓦河。我把她送我的那些衣服从柜底统统抽出来，压到她的行李箱中。唯一留下的是那条红色的百褶裙。后来有一件波西米亚式的系带长裙，是她执意塞给我的，连带几张从墙上强揭下来的我们的合照。

"克里斯蒂，我根本不会捷克语。可是恭喜你学会了波兰语啊！再见了，克里斯蒂！"这样亲爱的日子持续了多久呢？具体的我也数不清了。只记得送她走的那天夜里下了一场大雨。清晨我推开窗子，发现种植在底楼小花园那角的粉色野蔷薇，受伤般地将花瓣撒了一地……

讲到这里的时候，坐在我左边的女孩已经睡着了。飞机在伊斯坦布尔的上空畅游，窗外是无边无尽的金色晨曦。

我轻俯在她的耳边说："再见吧，我的黑眼睛的尤兰塔！"机翼巨大的阴影将我的声音盖了过去。

波西米亚少女

在来布拉格之前那一个多月的时间里，不断有亲戚朋友上门来和我作远行前最后的道别。大家提到最多的除了"不要太想家，多和父母打电话"之类客客气气的安慰话语，就属千篇一律的告诫——要当心饮食卫生，注意保暖尽量不要生病，要保持良好的生活规律和睡眠习惯……可无论如何，担心最多的还是父母。他们翻遍网络，从书店搬来一摞摞生活参考，然后用红色水笔圈点出大篇幅与"国外生活或旅行"相关的攻略以及大大小小不容忽视的注意事项。

临行那天，父母到机场送我，他们一再提醒："要多吃水果和蔬菜，要努力生活，要看管好财物，不开心了就往家打电话！"

"你们不用太担心，我会照顾好自己！"我一边挥手一边缓缓向后倒退。

"还有,切记不要和那些吉普赛人打交道!只要觉察到他们的踪迹,就一定当心护照和钱包!人多的地方把背包挎在胸前,不要去危险场所,不要轻信任何人……"我越退越远,父亲的音调随之抬高。

"知道啦!你们快回去吧,到了打电话!"我将手随意在耳后比画了两下,便如水露一般湮没于滚滚人潮之中。经过十几个小时的飞行,以及一场长而繁乱的梦境,我最终以满心好奇却也不堪疲惫的姿态降落在了这片以流浪为名的热土上……

一月初,圣诞节过后约一个半周左右,还没到整个冬天最冷的时候。

因为是星期六,我大半天都消磨在家里。先是洗了大缸衣服,看天灰蒙蒙的样子像是要下雨,于是没打算借用楼道间隔处的公共阳台,将衣物简单晾在了狭小卫生间的绳索上。然后去收拾冰箱,无意中翻出几袋就快要放过期的冷加工蔬菜和小块冻得干硬的鸡胸肉,这么一来,午餐也就勉强有了着落。整个下午都是用来复习功课:单词、句法、阅读,最后是短篇写作。这一套学下来,不知不觉就到了傍晚五点多。

我拉起百叶窗,夜幕已然被星星点点的高脚灯娓娓掀开。窗外鼓吹起干燥而肆意的野风,好在雨倒是终究没有淋下来。

"去广场买杯咖啡吧,顺便沿河畔走走!"这个念头还没在脑中落定,手边的几本书已然被迅速扣上,并整齐地码在了方桌一角。有了想法当然就要立刻行动,虽然我的情绪总是即兴又突兀,很多时候都像是脱了缰的马儿,还没来得及阻挡就已经奔腾而去啦!这种莫名其妙的冲动经常会有,然而此刻的这股劲儿就是唤我去伏尔塔瓦河夜游!我哪还顾得上悉心打扮,转眼便将钱包和护照一揽子塞进皮包,呢大衣在肩头挂住,钥匙也一把扫进衣兜便夺门而出。

刚撞上木门,就听到"啪嗒"的一声轻响,是小物件撞击了地面的声响。我伸手去摸墙上的壁灯,可是按了好几下都不亮,"又跳闸了。"我小声嘀咕——自住进来的那天开始,楼道灯就没能正常亮过几次,不是跳闸就是按钮有问题,要么就是拼命亮一整夜之后便开始长时间罢工。我只好蹲下身,就着手机的微光摸索。在门框前的小块脚毯上,总算是寻见了——是一颗枣红色的硬币大小的纽扣。我就着光拿它在眼前细细绕了绕,又立马抬手去检查大衣,毋庸置疑,是从领口处新鲜脱落的。我顺手将它丢进右边的口袋里,看看表,指针已经越过六点半了。太晚回家终归不安全,于是我起身展了展衣襟,这才正式踏出门去。

每逢周末各条线路的交通班次就会相应减少,是这座城市的规矩。再加上天冷,人们更愿意在家中围着壁炉坐,大街上的娱乐自然少了很多。我坐在站台的长木椅上等待,看看表,已经过去了十二分钟。身旁不远处也久久等待着两个人影,看上去关系亲密却始终没有任何交谈,这才引得我回过身去望。看那侧影,应该是姐弟俩——女孩身材高挑,及腰的黑色长发瀑布般散在脑后。她穿着一件暗红色的厚棉布长裙,绽开的裙摆微微扫地。前胸托着一件背包般大小的物体,用深蓝色绒布罩着,很宝贝的样子。那东西应该有一些分量,以至于她的整个腰身微微向里欠。我突然想到了父亲的那句叮嘱,忍不住暗暗发笑:"看得那么紧,一定是害怕被吉普赛人偷去啦!"那男孩戴着一顶防风的黑色毡帽,穿军绿色棉服和滑雪裤。除此之外再看不到更多,因为他一直背对着我,始终安静地拉着姐姐的手。

又等了六七分钟,列车才进站。班次的减少严重导致了过剩的客流量,所有的位置都已经被占满了,我只好侧身站在自动门对面，一处被贴满广告纸的毛玻璃隔出来的小空间里。广播刚刚报出下一个站名，列车便猛地启动，大多站着的乘客都向后趔趄了一大步。

就在这个时候，一阵悦耳的手风琴声从过道那头硬挤了过来，钻过哗然的人群，委身于一片鼎沸的人声之中。听上去是华丽圆舞曲之类的古典乐，却又灌满了一股股流浪民间的酸味。人们大多闻声不动，看书的继续看书，聊天的继续聊天，左手边的一位中年女士正波澜不惊地给她的宠物狗捋毛。

"就没有一个人感到好奇吗？在这样一个热爱音乐的国度里，在此时此刻，就没有一个人因这曲天籁般的婉转为之一颤甚至拍手叫好吗？"我一面在心里犯嘀咕，一面放任了目光顺着那声音上前寻找。

盘旋在心头的那股好奇还没来得及铺开，列车便在接下来的站点缓缓停步了。堵在门口的人们如释重负般大步走下去，换上更多的人带着满面不悦使劲儿往里拥。我无意中向前边望了一眼，竟瞥到了那暗红色的长裙摆，是一起等车的那个女孩。广播落音，车门关闭，琴声再次悠悠荡漾开来。还是刚才的曲目，不过是被重新奏一遍。我更好奇啦，不仅是我，刚挤到身边的几个外国游客也不住小声赞叹起来。而大多数乘客仍然是一副熟视无睹的样子。琴声在往这边贴近，毫不间断，一步一步，离我越来越近。我终于忍不住踮起了脚——竟然看到了那拖至地面的红色裙角！她的胸前挂着的宝贝，正是那台能发出美妙声响的手风琴！而在她前面没几步远的是那个矮小的男孩子，可此时毡帽没有顶在头上，而是被双手捧在胸前！他走几步就将帽子推到乘客眼前晃一晃，见那人没有反应便也不再勉强，只是继续往前走，并且默然地一遍遍重复同一个动作。我什么都看不真切，我的视线显然被重重叠叠的人影割得纷飞！

从琴声判断，他们离我更进了一步，女孩从不开口，只管一边向前移步一边奏琴。又经过了两三站，人群渐渐薄下来了，我这才有机会细细打量她，肤色，面部轮廓以及特色的妆容——毫无疑问，是吉普赛人。确定这个想法的同时，我下意识将皮包拉到了胸前。原来音乐不是白听的，怪不得大家都装出一副若无其事的样子……我自己都维持着精打细算的生活，更没有多余的硬币给他们啦！想着想着，便低下头往车门边挤，打算车一停门一开就奋不顾身冲下去，这样一来也免了未施善的尴尬！

然后还未扒到车门口，音乐声就在我的耳后半米来处站住了。与此同时，那顶厚厚的毡帽正正堵在了我的眼皮底下，我斜了斜低垂的眼帘——帽子里面零星丢着几枚最小值的硬币。我想要学着其他人那样，装作熟视无睹般，可是他就站在那儿，定定地望着我，那微笑的眼神里盛满了数不清的祈盼。我冲他摆摆手，他既不上前来也不走开，就站在那儿一边微笑一边向我望，可能因为我是外国人吧，小孩子总会对不一样的事物感到好奇。车体就快要进站了，我扒着窗子，目光牢牢锁住铁轨一侧开出的层层电光，求救似的！这时，琴声顿住了，下一刻，十几盏目光不约而同地刷刷杀了过来——绿的、棕的、蓝的，好奇的、谴责的、疑惑的……它们紧紧抓住我惴惴不安的良心用力摇晃！

刹车闸与轨道在窗外擦出巨大的火花，我终是承受不住那倒向我的、墙一般冷重的眼神——男孩的、她姐姐的、众人的。我摆出一副自然、善意而落落大方的神情，同时故作冷静地翻起衣兜，心里却如做错事一般慌乱到不行！总算在大衣的右口袋里摸到几枚硬币，我没顾上看，也没顾上数，将它们囫囵抛入那顶毡帽，便随人流涌出车门。

走到电梯口的时候，我的眼底随即浮过一抹红。我感到有些不对劲儿，便猛地转了个身。

"嘿，姑娘！注意点！你差点把我撞倒啦！"是一个满脸凶相的大胡子，从他嘴里说出来的捷语，怎么听都飘着一股乡下口音。

"对不起！"我故意硬了硬语气。

他恨恨盯了我一眼，抬脚就插到前面去了。我这才向后望——人山人海！花花绿绿的色彩里，谁都分不清谁！我仍有余悸，便提起步子顺着扶梯向上爬。穿过潮湿而气息浑浊的地下甬道，又转过了一段短短的旋转扶梯，这才浮出地面。是一处较为偏僻的站点，距市中心广场大约有十五分钟的路程。我站在地铁口最高的一阶石梯上向回望，攒动的人流早已被远远甩在了身后，视线里只剩下一个衣着肮脏而满身酒气的流浪汉，他正缩在一处死角里避风。我机警地扫视他一番，没想到那两道被酒熏过的红光蓦地撞住了我的瞳孔，我想来害怕，便头也不回地飞奔几步，而后拐进了一家店面极简的甜品屋。整个小店只亮着一盏昏暗的老式铜台灯，没什么顾客，老太太一边打咖啡一边织毛衣，脚下的黑色猫咪正眯着眼趴在一团废旧的毛线上。

"卖完这一杯就关门喽！天气太冷啦！"老太太一边说

一边将纸杯递给我,还不由自主地打了个年迈的哈欠。我应着寒暄了两句,又谢过她便端起咖啡出门,天光已然被夜幕拉尽了,遇到这种月黑风高的光景,就应该去人影茂盛的河畔走一走,听听那些飘自遥远异乡的口音。于是,我穿过主街,绕进一条行人很少的小巷,这是一条通往伏尔塔瓦河的捷径!

路边陈旧的雪迹还未化尽,更容易落风的死角已经结起层层干燥的冰。我尽量挑雪厚的地方走,这样就不容易滑倒!

"嘿——!"突然,有人在背后喊了一声。我转过身,一角拖地的暗红色突兀地映在一地雪白之上——是那个地铁里的吉普赛女人!

我不是丢给她零钱了吗?难道他们嫌少,准备直接上来抢包?还是说从我上车就已经被盯上了,看我是个独行的外国人好欺负?"切记,不要和那些吉普赛人打交道……"这句话如同回音一般在耳朵里盘旋,放大,以至于久久挥之不去!这时候最猖獗的就属想象力了,我越想越害怕,全身的毛孔噌噌地往起竖——也顾不得许多了,还没设计好后果,我便将喝了一半的咖啡甩进路边的灌木丛,把皮包往臂膀下一夹拔足狂奔起来。散开了的长发凌乱而疯狂地拖在脑后,夹着冰粒的风呼呼地往嗓子眼儿里灌,我边跑边回头望,明雪上的那道黑影也随之行动起来，越来越快，越来逼我越近，"嘿！站住！等一等——快停下来！"她一边追逐还一边气喘吁吁地恐吓我。这一吼，我就更怕了！我的脚底瞬间开始打滑，步伐也不听使唤地潦倒起来！四周一片漆黑，整条小街上半个人影都寻不到！我一边跑一边后悔起来：根本就不应该一时冲动出来买咖啡！天气这么冷，散个什么步嘛！现在倒好，命都快散没啦！

不出五十米远总算是跑不动了，我干脆瘫坐在路边干燥的厚雪上，一边拍胸脯一边狠劲儿地咳嗽。我甚至觉得再多跨一步心脏就会结结实实脱落到冻僵的手掌里！如果她真的动手，我就把皮包、戒指之类值钱的东西统统扔给她！那红影子一看我停下，也就明显慢下了脚步。我倒是想要站起来继续没命向前逃，可这一坐，再站起来可就难啦！时间如同耳边的风一般呼啸而过，很快，她就被重重地撂在了我身旁，看样子也快要累坏了！我借机起身要逃，她却一把将我拉了回去。

"你到底想做什么？"我奋力吼了一句，同时反射性地紧了紧臂弯里的皮包。

她却继续用力喘着粗气，一副对我不管不顾的样子。

"你想要钱吗？"见她不回答，我又丢了一句过去。这话刚一出口，我自己就先后悔了。她却没有只字片语的答复，一边摆手一边自顾自地转过身去翻口袋。

"那你要做什么!追我追这么久?"我又累又怕,就快要哭出来了。

"这个还你!"说着,她将一个小玩意儿摊在了掌心。我凑过去看,原来是家里门上的钥匙,一定是掏硬币的时候一起掉出来了!

"除了这个,还有其他事吗?"我一边伸手过去一边试探道。话音刚落,我又后悔了。挑起这样的话头不就等于引火上身吗?

"没有!"那语调干脆又利落!我愣住了,简直就是在做梦!可这是噩梦还是美梦,反而说不清楚了!

"就一把钥匙,你用追我这么久吗?你想要就留起来,不想要丢掉就好了嘛!"我诧异地望住她,心里犯嘀咕:都什么年代了,怎么会有这样的傻瓜?可是转念一想——她是吉普赛人,不能轻信她的鬼话!

"你是好人!你在地铁里给了我们那么多钱!从来没有人一次施舍给我们那么多钱!物归原主,算是回报!"她站起来,目光柔和地挑了挑我手中的钥匙,然后用力跺了跺脚。

我顿了一下,再一摸口袋,这才恍然大悟——这下好吧,一不留神三杯咖啡的钱都丢给他们啦！那女孩看我起身，便顺手拍了拍结在我大衣背后的雪渣儿。我也没什么好挣扎的了，这些都不是空穴来风，而是我近两百克朗换来的心理慰藉。

这条灯火阑珊的道路就快要行至尽头了，她走在我的左手边，却始终隔着半米来宽的距离。

"哎，你跑来追我，那你弟弟和手风琴呢？"看着她缺了一大块儿的单薄身影，我突然问道。

"弟弟？不！那是我儿子！我让他先回去等我，现在应该已经到家啦！"说着，她抿着嘴唇微微笑。

"儿子？这么年轻就有了那么大的儿子？"当然，这句话我琢磨了半天却始终不好意思问出口。

站在岔路口，往来的人影被厚厚地堆叠在一起。就着缤纷的霓虹和玻璃橱窗里透出的堇色暖光，我这才近距离地打量起眼前这位相处已久却面目模糊的异族少女。她很瘦，长相特别却也不是很漂亮。眼窝由于长时间的疲惫深深地陷下去，眉骨却以不屑一顾的姿态向上微微隆起。皮肤是印巴血统特有的深棕色，整齐的牙齿上印有朵朵深黄色的烟渍。她纤细的脖子上挂着一串贝壳长项链，还有几条粗细不一的银丝在颈口纠缠。手腕上套着一只让人无法忽视的雕花镂空银手镯，宽大却显得暗淡无光。黑而干枯的指节上，挤着几枚镶有宝石的银戒指……

我的眼前自然而然地生出了一幅这样的场景——在无休无尽的茫茫荒原上，一束溪流般潺潺的苍茫人群正平静而委靡地向着天边的方向迁徙。他们如神的信徒一般无言而干涸地缓步前行。队伍中有命脉衰弱且衣襟褴褛的老者、精壮却也肮脏的男人，还有眼神妖媚也摄人心魂的姑娘。他们步伐凌乱，挂在周身的财宝深深浅浅碰撞在一起，声音浑浊而悠远。男人们背着乐器，推着原木小车，里面装满自打捡来就没舍得用过的破烂家什儿。队伍中还夹杂着跟途的骡子马匹，它们驮着帐篷、桌椅、铜壶、铁皮大锅……几近匍匐地艰难前行，铁掌已经很久没有换过了，黄色的锈斑层层叠加着。这个女人，她披着大朵卷发，一条暗红色的刺花长裙松松挎在腰间，她在火焰般的簇拥之中翩然起舞，旋转、跺脚，男人们的目光如同她腕上的铃铛般四处乱撞……

"嘿！你在想什么？"她说话的同时，拍了一下我的腰，我立刻回过神儿来。

"哦，不早了，我要回家去！"说着，我指了指腕上的表，"已经八点半啦！"

"我叫维罗妮卡！你看，就是这样拼！"她迅速掏出来一方小本子和一支断成两截的铅笔，"还有，这是我的地址。"她伏在膝盖上哗哗地写着，潦草到一个字都认不清。我也不必刻意追问，一个路人而已，就算此刻追根到底，一觉醒来便也断然不会继续联系。我早已习惯了这样的来来往往，有的人坚定不移地闯入，有的人顷刻间便甩袖离去！

"叫我克里斯蒂。"

她没有多说话，一边挥手一边向后退，被雪水浸湿了的红色裙摆重重拖在地上。直至十米开外的那棵大树旁，她突然转身，冲着我大喊："让我们再见！克里斯蒂！如果有时间就来找我！克里斯蒂！"路人的目光顺着这个吉普赛女孩的声音落到了我的头上。他们望着我，嘴角、眼神里满是鄙夷与嫌弃。我低下头，竖起衣领，朝着相反的方向疾走起来……

我果然没有按照纸上的地址去寻找，日子一如既往地潺潺流走。可是偶遇偏偏出现在了这座说大不大说小不小的城市里。那到底是过去了多久？具体的我也算不清了。

有一天，我坐地铁赶去学校。刚行过一站，车厢深处便传来一阵音乐声，再仔细一听，是手风琴。相同的地点，重复的旋律。我的目光挤过厚而嘈杂的人群——是维罗妮卡！没错，就是她！我认得出那肆意绽放的暗红色裙摆！声音越来越近，那身影也逐渐明晰。她拉着手风琴，琴箱下端挂着一个空荡的方形小木盒，几枚最小值的硬币孤苦伶仃地躺着。始终没有看见男孩的身影，也许他去学校了，或者找到了新的营生。

终于，红色的裙摆定定地止于我的前方。我缓缓抬起头，正想解释些什么，她却已提脚朝前走去，表情苍白却波澜不惊，就如同从未谋面的陌生人一般。这一次，我没有投硬币，而是在自动门开启的那一刹那拉住了她的胳膊。好在，她没有拒绝。

我们坐在广场的长椅上喝咖啡，雪花绕过钟楼的塔顶轻轻落在脚边。

"对不起维罗妮卡，那张条子被我弄丢了，所以最后我没有去找你。"我在撒谎，所以声音生涩而微微颤抖。

"没关系的，又见到了不是吗？"她低着头，算是应了一句。

"最近好吗？今天怎么没有看见你儿子？"我捂了捂她冻

得通红的手。

"他不在了，被他爸爸抢走了！"说到这儿，终于落下泪来。

见我默不作声，她便继续道："我从小家里穷，是被父母卖给那个混蛋的，所以十六岁就在乡下生了孩子！那混蛋又抽烟又酗酒，所以我儿子生下来就不会开口讲话！"听她讲到这儿，我的眼前不由浮现出小男孩推向我的厚毡帽和他始终微笑着看我的眼睛。

"最开始我们不在布拉格，在摩拉维亚那边！那里法律没有那么严格，所以一家的生活都靠偷窃和骗。我们偷餐馆、超市还有路边的小摊贩，还时不时向游客们高价出售一些经过修饰的廉价物品。我终究是无法忍受。前年，那混蛋因为偷东西被抓送到监狱里去了！于是我趁机和儿子带着值钱的东西来到布拉格，以街头卖艺为生，有时候我还会帮人家打扫卫生。"说着，她搓了搓鼻子。"可是前不久，那混蛋被放出来了，还找到了我们在布拉格的住处……"她握了握拳头，小声抽泣，没有再说下去。

我心里突然一片荒寂，就连那些怜悯而絮叨的话语都逃得不见了踪迹。

我们坐了好久，鸽子们围在脚边叼散在地上的面包屑。看着它们，突然觉得好笑——在这里，莫非鸽子的生活都要比人的好？

"下周我就要走了，去斯洛伐克！另讨生路！"她突然开口，语气坚定又强硬。我搂过她，久久地，却始终不知道该安慰些什么……

从那之后，我依旧每天乘地铁：去上学，去广场，去河边散步……可是在相当长的一段时间里，我都没有再遇到地铁里拉手风琴的吉普赛艺人。就好像——全世界的维罗妮卡统统消失不见了……

洛可可的楼

捷克的大学院校分布和中国的有所不同。在中国，大学校园意味着土地面积宽广的校区，设备齐全的大型运动场所，能容纳下各式大锅小瓢和师生上百的食堂，以及覆满整墙爬山虎的住宿楼。大大小小的专业混在一起，A区是哲学系，B区是政治系，C区可能是社科系……各种学系低头不见抬头见，热闹得不得了！灰墙一围，大锁一挂，"高等文化"就被规规矩矩地圈了出来。可是在欧洲，像这样学术缤纷的校园规划是极少见的。这里没有"园"的概念，也不存在齐整划一的教育所属地，一门专业就意味着一栋巴洛克或哥特风格的旧式建筑，分别稳扎在城市大大小小的角落里。所有的建筑笼统起来，就组成了浓厚而丰富的"高等校园文化"。而这种校区分布方式，像极了欧洲人的性格，自由、独立，简洁明了！

我们学院就百年不移地坐落在一条人踪络绎的青石块儿大街转角。向前望是泊满船只的伏尔塔瓦河畔,向后行五六分钟的步程就能到达布拉格广场。教学楼是一幢典型的洛可可式建筑,由于年代久远,整个外墙壁已然凸显出粼粼片片暗哑的黑灰色。门前有条笔直而宽阔的走廊,一下课就有同学靠在石柱上一边等人一边抽烟,或者怀抱一整沓资料坐在三五石阶上浅声细语地聊天。

我一眼就喜欢上了这栋楼,这座背负了深厚历史却仍然身板硬朗的建筑。

那是我刚到布拉格的前半年。提前一个月我就在网上选好了为期一年的课程——开始是在基础班用英语学习,主要以捷克语基础词法和斯拉夫文化为主,然后参加学期考试,如果顺利通过就可以加入中级班。中级班以简单捷语授课,学更深一些的词法,同时加入一些文化历史,以及电影文学什么的。倘若能够通过学年末的考试,就有幸晋级到高级班。高级班纯粹用捷语交流,也不教文法,直接学习文学理论,以及西方哲学浅析。

我按照门口信息栏上的指示沿着长廊往深里走,没花太大力气就找到了教务处。我轻叩了几下，门被拉开了一条脸宽的窄缝，接着一个中年女人的面孔落入我的眼帘——深红色的卷发，光洁饱满的额头，睫毛齐整而浓密地向上微微翻起，没有涂口红，唇边有新鲜咖啡的印迹。她上身穿着一件宽松的黑色毛衣，下身被门板轻掩住了。

还没等我开口她便将身子探出门外，用指尖扣了扣木板上的时间表，又拉起袖子将手表推到我的眼前，"你好，九点钟准时上班！"说着，她点点头就转身要关门。

"可是女士，现在已经八点四十五啦！十五分钟而已，您帮帮忙嘛！我是新学生，迟到不好的……"我乘机将门把抓住。"不好意思，九点钟上班，这是规定！"她的语气又冷又硬，还没等我反应，门就砰的一声合上了。

不要勉强啦！我干脆趁此间隙，去将主楼大概转一遍！于是我一边看表一边操着碎步，整栋楼一共三层半。除去教室不说，最下面半层是带自习室的图书馆，一层大门靠右手是一间咖啡厅式的小食店，二层有语音教室和一整堵沿过道安置的学生信息墙，三层是最顶层，有一间正在维修的超豪华卫生间。我仰头去看墙脊上的浮雕，那些遥远的历史即刻在空气中弥散开来。

回到教务处刚好九点整。还没等我抬手，木门就自己打开了。"到点了，你可以进来了！"同样冷冰冰的声调，只是语气缓和了一些。

我说明来意，并填了整套的正式入学报名表，这位女士边喝咖啡边将手边一小沓一早准备好的资料递给我。"学期证明、缴款证明、住宿证明、考勤制度、注意事项……"她低头哗啦啦地说着，始终没有望我一眼。"这是课程安排，教室在407和408。"她又将一页单张纸递给我。我谢过了她，将整沓纸小心收入背包，这才准备离开。

我对照着时间表上的内容一边细看一边上上下下绕着走廊找教室。以0打头的是图书馆，1打头的教室在一楼，以此类推。突然我就愣住了！刚才绕楼行的时候，没看到四层啊？我又从上到下认认真真地走了一遍，还是没找着以4打头的门号！这下我慌了，看了一眼手表，已经开课5分钟了。

这时候，恰巧有一位女清洁工在收拾楼角的垃圾箱，我拽着她就问407在哪里。她目光瞬间茫然，又是耸肩又是摆手，然后指指自己的耳朵再次将手摊开。我当时心急火燎的，哪顾得上她是听不见还是听不懂？于是掏出课程表指着那数字给她看,她这才笑了一下将手臂伸直,指尖向左方勾了勾。

我谢过她,沿走廊直行到尽头然后向左转。一扇不起眼的小门变戏法一般映入眼帘,往门儿里走两步就看到了一串窄窄的螺旋状阶梯……

推门而入的瞬间,窸窸窣窣的谈话声戛然而止,十几盏目光统统集中在了我一个人的身上。很明显,我迟到了,可是好在老师还没来。我心存余悸的同时,用余光扫视整个屋子一下——是三四十平米的大房间,与大门相对的是两扇朝城堡方向开启的木窗,窗棂外围着一圈矮矮的黑色铁艺栅栏。左边墙壁上挂着两幅地图,右边是对应的几款油画。十来副桌椅圈成一个半圆,授课用的白板挂在与门平行的右侧墙壁上,前方安置着小讲台和一把座椅。与讲台相对的,是小小的一方简易洗手池。

全班总共有十来个同学,大多是斯拉夫人种。还能从外表一眼辨认的,就是一个穿深蓝色休闲西装和匡威球鞋的韩国男孩,和一个穆斯林国家的女孩,她应该来自伊朗,因为我注意到了她外套右上角绣着一小面伊朗国旗。大家都已经在自己的位子上准备就绪了。空着的座位仅剩一个,在长长的弧形的末端。

"嗨！你好啊！"一个声音远远地跟我打起招呼。顺着那极其友善的语调探过头去，一大团鲜艳的色彩随之跳入了我的视线。细细打量一番，这厚厚的缤纷之下竟躲着一位六十来岁的老太太——她套着一条厚厚的粉色条纹长裙，紫色的亮面棉背心，灰白相间的长发用草绿色的宽发带箍在脑后，红色花朵状的大圆耳环，还有鞋子——是一双天蓝色的雨靴。

我张口就回了一声"嗨"，紧接着便意识到以这样的语气和长者问好极不礼貌，于是原地鞠了个浅躬。她眼神一愣，接着大声笑了出来。周围的几个同学显然没憋住，笑声此起彼伏地响起。一阵大笑之后，气氛骤然转变，整个教室都活跃起来啦！同学们跳离自己的座位，开始大声地问候。带有世界各地口音的英语在大房间里飘来飘去。

"你叫什么名字？""你从哪里来啊？为什么来布拉格？""啊，你都结婚了啊！太太是俄罗斯人还是捷克人啊？是一起来的吗？""什么？你是素食主义者？那能习惯这里的饮食吗？"……

老太太立马唤我过去，指了指她身边的空位子，示意我坐下。学期第一天就能收到陌生人如此亲切的问候，我的紧张感立马消失了。

我解下围巾，将外套挂在椅背上，然后将字典、本子、笔依次从背包往外掏。

"我叫梅吉，来自美国的圣弗朗西斯科！"说着她抹了抹眼角的皱纹并给了我一个大大的拥抱。"年轻时我在国家一个新闻报社当记者，存下了不少钱，又有政府的补助，我决定在布拉格长住，最好还能在这里安度晚年……"她也没管我听不听得懂，就一个劲儿地将往事往外抖搂。我不时"嗯哼"两声，表示自己在听，一边将桌面收拾齐整。等到一切都安顿下来，我正正坐姿准备张口和她聊的时候，教室突然安静下来了。看这动静，应该是老师来啦！

我顺着同学的目光向外望，一位四十来岁的中年女士正款步走进来。她留着整齐而干练的短发，体型微胖，穿一件紧身黑毛衣和一条长及脚踝的驼色条绒裙。她径直走进教室，沉默且微笑着扫视了全场，同时将书本和茶杯放在桌角，然后转身在白板上一笔一画写下了自己的名字。她没怎么化妆，只在薄薄的嘴唇上涂了一层亮晶晶的粉色唇膏。

"嗨，大家早上好！我是塔莎，你们这一学期的句法老师!我很高兴看到,在学期第一天的早上你们竟没有睡过头!"她的声音很柔软,语调俏皮地微微向上扬,刚一开口,亮粉色就在唇齿间快乐地飞舞。同学们开始小声赞扬这友好而利落的开场白。一个男声顺势从排桌另一端传来:"亲爱的老师,我们也很高兴您起得早哇!"此话一出,同学们互相善意地低笑,老师并没有因他的多嘴而生气,反而温柔地扬了扬嘴角。

"首先,同学们。我希望大家能够掌握我名字的正确发音,这个很重要,因为这将是你们新学期接触到的第一个捷语单词!"大家开始起哄,有人鼓掌,有人敲桌子。

"现在请跟我读'塔——莎——'!有两个'啊'的音,所以嘴巴要张大!"说着她故意放慢语速,嘴巴夸张地敞开。同学们认真地跟着读了几遍,塔莎女士高兴地拍了几下手,鼓励我们,"新学期接触的第一个捷语词汇,你们很容易就掌握啦!所以你们看,只要认真,捷克语一点都不难学啊!"大家又开始起哄,特别是那边的几个男生,竟手舞足蹈起来!

"为了方便联系,我把我的邮箱地址写在白板上,你们要抄下来!请病假或者有学习上的问题,都可以写邮件给我!"

我们拿出本子抄写的时候，突然有人问："那您可以把电话号码给我们吗？电话联系更方便啊！"

"对不起，这个不可以！"老师顿了一下。

"为什么啊？"

"因为电话号码是太私人的问题，老师一定不愿意啦！"

"老师是害怕有同学打骚扰电话啦！"……大家又窸窸窣窣地讨论开来。

塔莎女士整了整目光，解释道："之前有一个西班牙同学，凌晨四点打了无数电话把我吵醒，原因是他在酒吧喝醉了，让我去解救他！那天我和我丈夫在他宿舍附近的酒吧挨家挨家找啊，怎么都找不到，我们差点去报警！结果第二天发现他就醉倒在自己的房间里啦！还有一次，是有一个同学在旅行途中迷了路，从冰岛打电话过来问我怎么坐车回家！我让他问问当地警察，他说自己除了捷克语和阿拉伯语其他都不会，没法交流！"塔莎在上面讲，装出一脸无奈的样子，我们在底下笑得天翻地覆。

也不知道这几件事是不是真的，但总算是把那几个硬要电话号码的同学搪塞过去啦！

接下来，到了我们最期待也最有趣的环节——自我介绍。

英语说得好的同学，话自然就要多一些；说得不好的，几句带过就行了。但有几点是一定要讲出来的：叫什么名字，从哪里来，为什么来这里读书而不去其他国家。

最先发言的当然是我，因为我坐在弧形最右端。

"我叫克里斯蒂，是中国人！"这时候全班都停下小动作一个劲儿盯着我看，那眼神比刚刚锐利了太多！我正欲往下说，就有人插进话来。

"你是纯中国人吗？真是在中国出生的吗？"是那个大眼睛的伊朗女孩。

"当然啦！我长得像外国人吗？"

"那你为什么叫克里斯蒂？中国名字不都有很特别的发音吗？"她的声音明显提高了几度。

"是啊是啊！我也很好奇啦！"韩国男生也一个劲儿地问。还没等我回答，全班都开始莫名其妙地"为什么"起来。

"这只是我的英文名字！中文的你们不懂发音嘛！名字只是代号，叫什么不重要！"

"那我们也想知道！我们都说真名，你怎么只说代号呢？"起哄的人越来越多！

"好啦好啦！"我走上讲台，在白板的正中央写下我名字的汉字，并且在它的下方注了拼音，然后大声念了一遍。大家先是摇头，然后咿咿唔唔地跟着读起来。

我回到位子上坐下，继续讲："我来这里学习，是因为喜欢米兰·昆德拉！我要学好捷克语，读他的整套原著！"

"你最喜欢哪一本啊？""米兰昆德拉是捷克人吗？""我更喜欢卡夫卡的《城堡》啊。"……大家先是将一些莫名其妙的怪问题丢给我，然后不等我回答就自顾自地开始讨论。

"差不多啦，还有一个学期，大家还有充足的时间了解啊！现在有请下一位同学！"塔莎的声音好不容易挤了进来。大家静下来，将目光流向老梅吉。

"我老啦，脑筋转得慢！你先说吧！"她缓缓转向左边的男生，打出一个"请"的手势。

我隔着座位向那边看，是一个满头金色卷发的白种男孩。他的穿着既整齐又干净，就连衬衫最上方的那颗纽扣都被规规矩矩地扣了起来。

"大家好！我叫乌拉吉米尔，今年23岁，我很喜欢布拉格，认识你们非常高兴！"为了表示友好，我们纷纷伸出右手,重新"嗨"了一遍。"我——我是一个很浪漫的人!"这男孩怯生生地补充了一句。这句话一出口,全班又大乱了起来。

"那,你有多浪漫啊?"那个伊朗的女孩挑了挑眉毛。她的眉毛又粗又浓,就像是被什么黑色的药汁浸染过。

"我……我可以在情人节那天送你一大束玫瑰花!"男孩说着,那女孩已经满脸通红啦!

"我们也要!我们也要!"

全班乘机开始起哄,有人拍手有人吹口哨,乱作一团。

塔莎女士赶紧将食指放在嘴边,"嘘——大家小声一些,不要影响到隔壁的班级!"说着,她又单独看向乌拉吉米尔,"你还没说从哪里来。"

"哦,我从黑海来!"他声音紧张地跌了一下。

"黑海!真的吗?黑海!看你不像是鱼类,难道你是水怪?"

教室瞬间炸开了锅,塔莎女士赶紧纠正他的语法,"你可以说你的家靠近黑海!但不能说你从黑海里来!"大家笑到尖叫,桌子都要被掀翻了!"好了,大家不要笑了!"塔莎看了一眼手表,"下一位!"

接下来的同学都依次用最最精练的语言将自己概括一番,谁都不愿意多说一句。

"我是俄罗斯人。"

"我叫亚力克山大。"

"除了沙漠我们还有狮身人面像啊!"

……

"还有一学期的时间彼此了解呢!说太多就没意思啦!"这么一来,塔莎女士倒也不再勉强些什么。

那个韩国男孩来布拉格的原因倒是很有趣,"你们捷克不是有小鼹鼠吗?对!我的妈妈喜欢小鼹鼠!所以就把我送到这里来啦!住了一段时间之后感觉还不错,就不想走啦!"

"那你们韩国有小鼹鼠之类的卡通人物吗?"塔莎女士带着灌了蜜糖般的笑容看着他。

他反倒有些不好意思了,张口就道:"我不知道有没有类似的,但……但我们韩国的泡菜很有名!"

他是不是在故意营造气氛,这我不知道。但疯狂的笑声如同岩浆般喷涌而出,大家笑趴在桌子上,笔啊本子啊落了一地!

韩国男生还搞不清大家在笑什么，只留下一脸的无辜。

"那布拉格有韩餐馆吗？"

"当然有啦！"

"你知道哪一家的辣白菜最好吗？"

"这我就不知道了，不过如果你喜欢辣，我可以给你推荐一家墨西哥餐厅！"

"吃墨西哥菜的时候一定要吃玉米饼吗？"

"不一定，但一定要喝他们的一种特殊的酒精饮料！"

"什么一定要喝！用朗姆或者类似的代替就好啦！"

……

话题越扯越远，看收不住了，塔莎女士干脆参与进来，和我们一起讨论了半节课关于布拉格的餐厅。

最后讲的是梅吉，她自始至终都是一本正经的样子。轮到长者发言，气氛自然沉淀下来，也没有人再放肆地制造唏嘘声。她把刚刚对我讲的那些大致重复了一遍，又补充道："我的姐姐和她的德国丈夫住在柏林，他们都在博物馆工作。"

"是哪类博物馆？历史？军事？自然？艺术？"有人好奇地问道。

"是历史博物馆,和考古有关。主要是中国瓷器古董一类的。"说着,她看了我一眼。我瞬间明白了为什么现在我会坐在她的身边。

那几个男同学开始小声聊天,大概是从军事博物馆聊到了枪械子弹什么的,然后又聊到了两伊战争,因为我听到那个伊朗女孩狠狠地砸了他们的桌子,然后撂了句:"他妈的,不懂政治不要乱讲!"

梅吉淡淡地望了他们一眼说:"他们说他们的,我继续讲就是了。"后排立刻静了下来,想必他们对长者最起码的尊重还是有的。

"我年轻一些时做记者,总是世界各地奔波。我没有丈夫,没有孩子,因为没有人能忍受我直来直去的坏脾气。我每次写不出采访报告或工作不顺利的时候,就会歇斯底里地乱摔东西,就连我的姐姐都不能忍受……"老梅吉说着就开始擦鼻涕,我见势赶紧递给她一张纸巾。"我来布拉格,就是想离姐姐近一些。她也老了,身体不好,我们偶尔见见面,彼此照顾照顾。这里的生活开支,比柏林低一些。再说了,如果住柏林,我的坏脾气会拖累他们的!"

同学们彻底沉寂下来,看着老梅吉静静地抹眼泪。"你们一定好奇为什么我这么一大把年纪还来学习语言。"大家彼此交换了眼神,然后将目光移回她的身上。

"因为我孤独!我感到时光越来越空虚,所有的人或事物都随时离我而去。我的衰老是那么迫不及待,渐渐地我连自己都会失去。先是味觉,然后可能是听觉或者视觉吧,总有一天我恐怕连张嘴说话都难啦!"

"时间过得真快啊,我越来越老了,看看,头发都白成这个鬼样子啦!"她边说边顺过一缕白发给我们看。老梅吉不再抹眼泪,现在悄悄落泪的倒是塔莎女士和另一端的一个男孩子。

这节课剩下的时间,大家依然沉浸在老梅吉的经历之中。直到课间,俄罗斯同学去自动售货机买咖啡,伊朗女孩下楼抽烟,大家各做各的事情,气氛仍然十分低落。

我凑过去问那个男孩为什么哭,他说因为梅吉让他想到了自己的外祖母,她至今还在圣彼得堡郊外天寒地冻的小村子里待着呢!

第二节课塔莎帮我们完善了资料,大家交换了彼此的通讯方式,并拿到了崭新的课本。

"学期中和期末都有考试,通不过的同学要补考。到勤率必须达到百分之六十,不然被开除的可能性很大。如果要长时间地休病假,一定要有医生亲笔签字的证明……"大家一边听,一边将重要的信息记录下来。

"好了,今天的内容就这些!那么下周一见!祝大家有一个愉快的周末!"塔莎女士站在门后和我们一一拥抱道别。

刚出学校大门,就一眼看到老梅吉亮丽却孤单单的身影。她站在墙角,鼻梁上架着一副正圆形的绿框眼镜,好像在等什么人。看我来了,她的目光统统集中到了我脸上,"地铁站吗?"

"嗯。地铁站。"

"好吧,那一起走!"她说着就挽过我的手臂。

我们沿着青石大街往地铁站走,背后缓缓飘起了这个冬天的第一场雨……

莉莉安啊莉莉安

克里斯蒂，我父母离开的时候，你应该还没有出生。可是你看，我依然可以生活得如此快乐！

我先是一愣，接着便轻应了一声，又装作若无其事般将一颗橘子丢给她，暗地里竟掰着手指算起那些受伤的年头。她的语调虽说听起来有种波澜不惊般的祥静，却也卷尽了与壮美宁远不相符的突兀与颓凉。大巴车沿着蜿蜒的公路分割线在广袤的草场上行驶，头顶着天光遁移的远空，近处是茫茫凄草地与零星坠落般滚成卷状的麦垛。再透过挡风玻璃望向天边，除了围困许久了的孤独便是大张旗鼓的云卷云舒。

不得不说，很多时候感性这种东西会触景生情般将人拖入某种毫无缘由的伤感当中，仿佛仅凭一段单薄而似曾相识的光景便能毫不费力地激起感官深处海啸般剧烈的悸动。

就好比，此时此刻因尝试感同身受的情境而被疼痛微微碾过的我。

说话的女孩叫莉莉安，来自克罗地亚的一座渔港城市——罗维尼。细细数来，我们似有若无的相处不经意间竟越过了两个年头。父亲醉酒后的暴戾，母亲不负责任的背离与信口拈来的诅咒，还有很久之前被咆哮的黑色海涡席卷而去的渔船与祖父，以及将后半生的全部黎明统统拿出来翘首等候的祖母……"她总是站在林子边的木屋前朝海岸线的方向望，一副漫无目的的样子。后来一条腿患了风湿动弹不得，邻住的人们好心挑出结实而柔韧的粗枝条帮忙削了一截拐杖，于是她便挂着那木杖，继续靠在黎明前的门楣边上。确是个固执又糊涂的老太太！可她毕竟是靠我最近的人，我可以不去理解，却终究不忍心对立或厌恶！"……这是我所能看见，听见，以及猜测到的，关于莉莉安家事的全部。

可能出于自幼生长在亚得里亚海岸边的缘故，总觉得她的血脉深处隐隐贯穿着一股腥烈而湿潮的飓风。

那是初来布拉格的几个月，没什么朋友，日子单调地循环往复着。除了专心念书好像也没什么多余的事情可以做。在这个新奇的世界里，隐遁在思维方式迥异的人群中，我惯然已久的感官显然是被真空般寸寸隔离开来。就算是挑明媚的日子站在最耀烈的阳光下或火星迸破的炉膛旁，那种备受冷落的孤立感仍能无孔不入般时不时逼起人的不寒而栗。

"如若想要追溯布拉格及至整个波西米亚历史文化的根源，建议同学们去'高堡'走一趟！"负责文史课的老教授合起书本的同时，挂在门框上方的壁钟不谋而合般"铛铛"地唱了起来。老人没有抬头，仅习惯性地提手推了推滑下鼻梁的厚镜片，接着利落地收拾好讲桌，又整理衣装与大家陆陆续续地道别。

正逢周五，没什么要紧的事情做。就着大好的天色我临时决定不回宿舍，先转向去"高堡"走一走。就算无法静下心来研究历史学术，在古迹间兜兜风也是好的。于是在教务处问清了线路，拿着一张油迹未干的手绘地图便奔出了校门。按照那颤颤巍巍的深蓝色墨线的标示，先乘坐两三站沿河的有轨电车，再徒步上山，途经几家烟铺和酒吧，看到一扇顶着石雕天使的刻花大铁门便是了！

我踩着深浅不一的青石块儿半弓着身子向上攀，细小的沙粒与尘土在鞋缝间"吱吱喳喳"地摩擦着，那尖利又缭乱的声响唤醒了一小方温郁的空气，实在是极欢乐的旋律！恰好是午饭时间，路上的行人不多。我随意拈来一首找不着调儿的民谣小声地哼哼，一边还深深感叹——上帝，原来幸福的降临是如此顺意而突然！虽说是爬坡，我的步调却越来越逍遥，不一会儿竟追赶起了引领愉悦的微风！且不说石道两旁沿短石阶儿幽幽而至的花香或优雅端庄的雕檐，光凭一株株低矮却善良的翠色植被与拂面而来的和煦便足以将这一小段行走调拨至酣畅却也不失雅逸的节奏……路程果然如图示那般简单明了，好似信手一画我便站在了城墙脚下。微微仰起头，那鳞片般脱色的青砖面正赤裸裸地昭示着岁月失修，还有结满蛛网和块状苔藓的厚土拐角。

看来是走错了方向，叶影越来越浓重，甚至湮没了本来就很寥落的人群，四周也渐渐静了下来。我在蓬蓬林宇之间被软草轻掩住的泥泞小道上摸索着，哥特式教堂尖利而熏黑的塔顶依稀可见，步伐却零乱地迷失在了一簇簇矮灌木的背后，好像无论如何都行不到似的。沮丧感一丝丝袭来，我也没心情好好探路了，俯身顺手捋了一把匍匐在地表的青藤，还抖落了几颗悬在草茎一端排队等待荡秋千的露珠。

转身错过一小片白桦林,就在我想要迈步却又犹豫不前的时候,眼前竟柳暗花明般铺现出一片芳草坪!我用力拨开仅剩的几丛荒枝,跨过沟壑般的泥泞,两三步便跃上了绿场边缘。微微风过,身后飘摇的树影窃语般"窸窸窣窣"地响起,与此同时几声短促的犬吠也被传至耳畔。

"彼得——跑慢一点彼得——彼得!"几行尖哨过后,有人在不远处的高地上长唤了一声。我循着那明亮声线的末端举目环顾四周,这才注意到漫山草野之间竟嬉跃着一条黑白相间的大狗。它肆无忌惮地奔跑着,时不时还停下来拨弄拨弄闲散的泥土和安然休憩着的小昆虫。我站在原地,轻惬的心绪早已被深深吸引去了,看它在浅草中飞腾的样子,我的欢乐也跟着豁然开朗起来!应该是那份生性敏锐的嗅觉提醒了我的存在,来不及做出任何反应,它便回身转了个圈儿,欢天喜地朝这方向直直奔跃而来。我确是被这看似凭空而降的庞然大物吓住了,那份突如其来的恐惧疾步迫近,硬生生地站在原地却丝毫不得动弹,就连体内的一切流动与思考竟也跟着全然瘫痪。

"上帝!彼得——等一等!哦不——彼得!快回来!"那女孩的身影如仙踪般一闪而过,紧接着又迫不及待地闯入了这面单薄的危机中。

"嗨——你不要害怕！站在那儿别动——它不咬人的！"她又转向我，使尽乘风破浪般的气力尖声叫喊着！

置身于这样一座彬彬有礼的国度，看惯了大街上谈吐得体、举止拘束的人流，很难去想象一个陌生人的出现竟能如此热烈而唐突！

时间如灼日下随天光伸延的墨色阴影一般，分分秒秒都变得漫长起来。终于——那女孩上气不接下气跑来我面前，又一边捶着胸口一边剧烈地咳起来。那小熊模样的鬼精灵已经围绕我跑了四五圈。此时它正抱着我的腿试图立起身，并用毛茸茸的脑袋亲昵地磨蹭着我的腰。

"实在不好意思，是我没有看好它。"女孩儿边说边微微欠了身子，并将绳索一头的铁扣儿系在了项圈上。大狗的焦躁不安也好似瞬间被套牢了，它蹲坐在主人脚边，又张嘴垂下盛满汗液的长舌头。

"没关系的，只是刚刚有一点怕，现在一切安好！"我不好意思地笑了笑，又伸手去摸大狗的鼻头！它这才温柔地舔了舔我的掌心，以此作为友好的问候。

"它叫彼得——它很可爱，却是个淘气鬼！"女孩用手指点了点彼得的额头，大狗只是闷闷地"哼"了一声便摊开四肢懒懒地往地上一卧。

"我是莉莉安——莉莉安·科索尔!"她说着,甩手抹了抹额头上的汗水。

"莉莉安?多好听的名字!哦——叫我克里斯蒂就好了!"我再次弯腰够了够彼得的大鼻头。

"你从哪里来?"她饶有兴趣地望住我。

"中国!"自从在布拉格生活的第一天开始,类似的问题已经被重复了太多次。最先是拿英语讲,后来又学会了相关的捷语短句。于是,我干脆将这一系列答复压缩成一整个儿句子,用来应对新结识的同学、朋友,或是那些趁着等咖啡的空闲来搭讪的陌生路人。在之前很长一段时间中,我讲得最流利、词法运用最恰到好处的一句话就是:"我叫克里斯蒂,来自中国。我没有兄弟姐妹,只身一人在这里读书。捷克语很美,我喜欢布拉格这座城市,更喜欢小鼹鼠!"

"你喜欢小鼹鼠?就是卡通电影里那个黑乎乎还只会'叽叽'乱叫的小家伙?"莉莉安说话的同时,又弯曲了臂膀还故意龇出两颗门牙,扮作鼹鼠的模样给我看。我点点头,她竟"咯咯咯"地笑出了声。一听有动静,彼得立刻机警地坐起身子,喉咙深处涌起一阵沉闷的低吼。

余寒未过的四月,眼前的女孩儿只穿着彩色长裙和一件白色宽带棉衫,些许细密的汗珠紧紧扒住那光洁饱满的额头。她算不上美丽,瞳仁中央却燃着两簇跳动不熄的焰火!鼻翼边两扇深麦色的雀斑均匀而健康地扩散至脸颊外侧,好似跃跃欲试的蝶翼,活泼又灵动!

"我不认得路……莉莉安,如果你方便,能不能给我指指山顶的教堂怎么走?"我想了半天,终究还是问出了声。

"啊哈!难怪逛到这里来了!你等着,我再带彼得跑最后一圈就和你一起去,教堂那边游人太多没有场地活动!"她一定看得出我的欣喜,说着便解开大狗脖子上的绳索,又将一只橙子大小的塑胶球用力抛向远处。彼得立刻原地飞腾而起,脚边的草叶如浪潮般一波波涌散开来!

"就一小会儿!你站在原地不要离开!"顷刻间,整面水粉般的巨画竟活跃起来了!大狗沿着起伏的山丘狂奔,身后不远处紧紧追随着一抹随云绽放的裙摆!她的长发被路过的风揉乱,那无法形容的欢愉也直冲云霄——瞬间,我便洋溢在了这铺天盖地般巨大的幸福之中!

过了不久,哨音再次响起,接着莉莉安和彼得便大汗淋漓地站在了我的面前。而此时，那蜜糖般的丰厚喜乐已然灌晕了寸步无行的我。

"来吧克里斯蒂，我走路有点快，你要当心跟住！"她也不坐下休息片刻，拴上皮绳索就迈步要走。

"我们从另一条路上去，会穿过花园和名人墓区！"她又拢了拢手臂，示意我跟上。"我的朋友，你一定会感兴趣！因为那里不仅躺着德沃夏克和斯美塔那，还有另外一些名人，传道士和各行科学家！"

我轻声应了一句，便低下头专心走路，以免被锋利的草叶划伤或被柔韧的藤蔓绊倒。

"对了，为了表示尊重，我想我们应该带去一束鲜花！"就在我直起身环顾四周试图寻找卖花铺的时候，莉莉安放慢了脚步，竟侧身采摘起路边半开的野花骨朵儿。

深寂的桦树林，粗浅而微弱的光照，以及伶俐的山雀的欢唱。我们不再说话，仅仅捧着两颗万般虔诚的心向前走，肃穆又陌生的缄默保持了整整一段路途。

"就要到了，看没看到前面那棵粗树？"莉莉安的声音再次响起的时候，已经过了将近三十分钟。她指给我看，脚步却丝毫没有慢下来的意思,"看!就是左前方落着几只乌鸦的那棵!"

单扇的黑色烫金铁扎门,雕琢着天使与审判的灰色大理石包壁。我站在窄窄的入口处久久望着,却怎么都不忍心踏进一步。

"克里斯蒂,跟上我!"莉莉安催促着,又将手指放在唇边,"声调尽量放低一些,在这种地方,是不允许大声说话的!"与此同时她俯身将一个皮套扣在了彼得长长的嘴巴上,"好孩子,一会儿就好!"又在它额头上轻轻安抚两下。

墓区被安置在山顶,面积不算太大,与那座哥特式教堂仅一墙之隔。说是墓地,不如称之为石雕小花园。这里完全不同于我预想中的那种荒寂景象——摆设齐整的祭奠物品,夹竹桃与各色野蔷薇围成的院墙,还有铺在脚下的黑色大理石板,它们一尘不染,还时而泛出暗哑的光。道路幽深而狭长,形态迥异的石碑秩序井然地列在两旁。大致十多分钟,我们就将沿途的墓碑一一看了个遍。

"很特别!"我向莉莉安的耳边凑了凑。

"有什么特别?"

"每座墓碑都不一样!你看,刻着数字与方程式的,想必是位数学家！浮雕为小提琴或连串音符的，是音乐家！还有几座雕琢风格极怪异的连体石室该是属于某位建筑大师……总之不用辨认姓名，就能知道他们生前是做什么工作的！"

"观察真仔细！如此短的时间内就能掌握这么多的信息。"她冲我眨了眨眼。

"只能挑有标志和图画的墓碑来认啦！主要是因为下面标注的好多单词我都不懂意思嘛……"莉莉安显然被我的坦诚逗乐了，她哈哈笑了一阵，又带我前进几步，并拣了近处的几个标示不明确的墓碑讲给我听。

具体的人物解析我已经记不真切了，大致是一位哲学家，一位"二战"时的革命者，还有两三个牧师、传教士什么的。

跨过围栏，又钻越了几处矮矮的莓丛。直到我们飞也似的步影印上教堂左侧的石门坎，《伏尔塔瓦》恰好沉缓地奏起，整点钟声在敲至第五下时才迟迟定音。与此同时，一位衣着厚重，戴着低檐礼帽的老人从钟楼底部深穴般的黑暗中脱颖而出。他掏出香烟点上火，又背过去完成了几许细碎的动作。过了好一会儿，才注意到阴影之中站立良久的我们。

"下午好女士们，下班了，要关门！"他也不问明来意，说着就又转过了身，"再说，我的妻子正等我回家吃饭呢！"他将香烟递至嘴边，用力嘬了两口。

"您好，我们想进去看看，晚十分钟锁门可以吗？"我诚恳地请求道。

"不好意思，工作人员都已经回家了，我只是个看门人，不能随便放你们进去的！"老人坚持将一把铁销插进门孔，接着利落地挂上了一把秤砣般大的铜锁。

我还试图说点什么，却被莉莉安拉住了。她冲我摇摇头，示意不要再勉强。

"这是规定克里斯蒂，不得不遵守的！"她指着天边，斜阳余晖的金红色暖光竟从掌缝间寸寸漏下，"你看，太阳都已经落山了，还是改天再来吧！"事已至此，我们只好心绪了然地朝下山的方向走。再看看脚边神情微滞的彼得，想必经过整个下午的奔走，它也快要累坏了……

站在高堡下靠城墙最近的一角老楼前，莉莉安解开拴在彼得脖子上的重锁链，任由它自己去花槽旁找水喝。她又伸出手指给我看，"这栋楼，从上往下数三层就是我的屋子！"说着又拿起手中的皮链随意舞了舞。

我抬头望望那被盎然春意装扮起来的窗台，不禁赞叹：

"真好看！好像还能闻到春泥的芬芳！"

"有时间你就来找我！兴许可以一起去河边走走！"莉莉安说道，上前一步轻拥住了我的肩。

"那……再见了！"这句分别本不是我情愿道出的，心里也还为不能停留片刻感到失落。这样寡淡的相识与道别算得上别有一番流落他乡的情调，可短时间内也的确令人难以适从。也不知道她有没有站在原地目送，我终究是没有回头。

自那以后，与莉莉安又断断续续见过几次——林木下无关痛痒的谈笑，风语中肆无忌惮的奔跑。圣诞节前夜，我们靠在电暖炉旁聊天喝茶吃甜饼，不知不觉竟守到了天亮！

可能我与莉莉安最大的区别就在于——她有秘密，而我没有。

当有人问起我的私事，我都会平铺直叙地讲述开来。再加上夸张的手势与措辞，尽量使内容饱满而跌宕。于是那些若有若无，平淡无奇的情节，自然应着一波三折的浪调瞬间铺展开。我的坦言时常令人感到吃惊或错愕，更有甚者则会满腹狐疑般狠狠地盯入我的瞳眸，以待验证！

可莉莉安不同。她很倔犟，防御心也很强。如若有人追溯起往事或问到私生活,她要么绝口不提,要么以俏皮的语调故意打乱聊天内容。她的性格决不偏执孤僻,却独来独往,不喜好结交朋友。她温善,热爱彼得以及天地间的一切生命。可我感觉得到,她的周身时刻被浓雾一般的孤独感缠绕着!

然而,性格的差异并不妨碍友谊的持之以恒。莉莉安有她自己的快乐——是一种深深藏匿的,不易察觉更不易被分享的快乐。

"我自幼长于海边,自然会对水有一份别样的热衷!每每靠近这束贯穿于城市始终的河流,我的体内就会溢出一种说不清道不明的快乐!"她蹙起眉角,设身处地般全力回忆着。

那是盛夏时分,一个布满玫紫色余霞的瑰丽黄昏。我们相邀出行去往伏尔塔瓦河畔。沿着被分水线淹没过半的高堤,躲过赴宴般缤纷而至的人群。

"生活了许多年,这里对于我来说却还似一座新城。缺了熟知的人群与乡音,再繁茂的土地也都会激起人的陌生与不安,就连惯有的行径也显得格格不入起来!"我向来不喜欢在热闹的场合挑起沉重的孤独感,只好装作没有听懂,敷衍地点头并急忙向前追紧了几步。

莉莉安见我没有答话，便也停止了后续的闲谈与追问，自顾自数起了脚步。

走上桥头的时候，雾障般的黑暗已然弥散开来。霓虹不遗余力般勾勒出夜的轮廓，环水的建筑也随着氤氲的光影坠入悠悠的河流。

几乎每隔一座圣人雕像，就会有一两个流浪汉靠石壁跪着。他们的装束普遍邋遢而肮脏，带着旧的棒球帽，将头低低埋在膝盖间，双手捧着个小盒子，身后立着印满风尘的双肩背包，当然，还有偎依在一旁的大狗们。路过桥心，竟看到一对母女，经过观察她们是全部乞讨者中唯一没有牵大狗的一对儿。母亲深埋着头，试图让往来的河风掩盖住那一缕缕斑白。女儿只有五六岁的样子，她坐在旁边的一块方毯上，若有所思般望住挂在石栏上方一只翅膀能活动的大木鸟。

一入夜，桥上的空气就变得异常湿润，仿佛一伸手，便能拧出满把流离失所的苦涩泪水来。

十米开外的栏壁边正围着一丛人群，叠叠暗影深处的吊灯将周围的一小片空间照得明晃。我顾不上说明，拉起莉莉安的臂膀就往人窝里钻。

"克里斯蒂等一等,你要做什么?"她显然没弄清楚我的意图。

"凑凑热闹啊!你看那么多人,一定有好看的!"我把她朝前一推,"你先走,使劲儿往里面挤挤!站到那个光头前面去!"

没几步莉莉安就停下了,好似困难地转过身来,"算了吧,人好多,进不去的!"

"挤挤嘛!人多的地方一定很有意思的!"我一面说一面固执地靠向影迹深处……

木偶戏?变魔术?还是光影剧?从凭空猜测到谜底揭露,的确是个振奋心神的过程。个头相对矮小的我们最终站到了最前头——原来是一个甜品工匠伏在加热台上制作手工印花糖果!他先将各色熬好的糖浆冷却,再一层层裹硬,又来回揉搓塑性,经过好一会儿,才进行切割装裹。包装极简,可印着樱桃、苹果和其他图案的厚薄不一的硬糖片实在是诱人极了。

"买一包吧,三十克朗,不算贵呀!"我和莉莉安商量着,又转手去掏钱。

"好啊,那一人付一半儿吧!"她犹豫了一下,便将三枚面值五克朗的硬币轻轻往台面上一搁。

我们都算不上富裕的人，但偶尔的消费享乐也是被允许的！莉莉安一手端着这包宝贝到不行的糖果，一手窸窸窣窣从袋子底部挑选出两颗最小粒儿的。接着将一颗递给我，又将更小的一颗塞入自己口中。

"要像这样，闭上眼睛，舌根微微用力。"莉莉安说着，喉头处竟传来咕噜噜的吞口水的声音。我模仿她的样子，将糖果放入口中用心品尝起来。

就这样，糖粒儿被我们小心翼翼地搁置在舌尖，不敢吞咽，也不敢用力抿，生怕一使劲儿便被上颚压碎掉了。于是，好久好久，深深的愉悦感随着真实的甜味丝丝延续着……

回程的途中，那个无家可归的小孩子仍旧在墙边靠着，目光寸步不离般守住那飞至心中的大木鸟。她的母亲已经在一旁睡着了，头抵着冰冷的硬石板。不知道为什么，她们的身影如此鲜艳刺眼却怎么都融不进四周水漾般幻彩的夜色里去。

就在我们从她面前缓缓划过的时候，那稚拙的眼神显然是注意到了莉莉安托在胸前的玻璃豆般的糖果。看到那似冷焰的瞳眸，我的心脏瞬间被一双现实而凛冽的手掌攥住了。就在我因迟疑而放慢脚步的时候，莉莉安已然坚定地停了下来。我们对望了一眼，顿了几秒钟，又彼此会意般退到几步相继蹲下身,她倔犟而爽朗的脸孔竟划过一闪与年龄不相符的悲怜来。

"嘿!"她与那女孩打起招呼。

小孩子不说话,只是斜着眼角飘望着那包糖果。

"你叫什么名字?几岁啦?"莉莉安试图和她说话,语气亲切极了。可小孩子还是不肯开口,那望而却步的眼神怯怯地盯住糖果看。

"那……如果你肯对我笑一下,我就将这些全都给你!"莉莉安说着,摇摇手中的塑料包。可是她依旧默不作声,只是死死盯住那包糖果,好像稍微一眨眼它们就会消失不见似的。

"莉莉安,快一点!我们也要回家啦!"我看着小孩子惶恐与渴望并存的面孔,再举目四望渐行渐远的人群,着急催促着。

莉莉安又蹲在原地等了一会儿,见那女孩始终不肯开口甚至学母亲那般深深埋下了头,也就不再勉强了。她默默掏出浮在上层的一小把儿放置在我平铺开的掌心,接着便将剩下的那部分连同包装一并塞到了那小孩子手里……

"谢谢!"久久地,我闻声——她那迸出闪电般欢愉的微弱气息也被河水淹没去大半。

我们继续朝前走,心脏却像是被重物锤击了一般,沉闷到不行。我转向水面,以生命的温煦拥抱起这具苦难掺半的冷河,拥抱起这些与往事无关,伫立于曾经之外的命运的叩拜者,扪心自问,不禁细细落下泪来。

孤独在灵魂的田野上播下成片的野罂粟,它们争先恐后般疯长,用鲜艳的汁水催眠了人们的精神导向。然而总有一天,我们会找回那片原本纯净而善意的土壤。奔跑,流离,碰撞——蓦然回首的瞬间,曾经的执拗被扭曲,生存的意义也随之改变。我看见后续的命运,正朝着一个始料未及的明亮远方悄然延伸……

与莉莉安告别,这时候,我看见她正朝家的方向缓缓归去……

亲爱的老梅吉

"克里斯蒂，中杯拿铁！"吧台后那位金头发的高个儿姑娘一边在等待的队伍里搜索名字的主人，一边端着咖啡大步向这面走来。我点头微笑，以便确认。

"祝您拥有美好的一天！"她将纸杯轻搁在我面前的小圆木桌上，紧接着一个利落的转身。我向她道谢的同时，拉起袖子看了看手表——九点五十，第一节课还没下，离第二节课开始也还有四十来分钟，于是我决定安心喝完这杯咖啡再往学校走。

可能是地处市中心的缘故，店里的客人总是那么多！我里里外外转了个遍，座位全都占满了，就连一张多余的木椅都没被剩下！外面是布拉格干燥而寒冷的冬，我只好挤在吧台与玻璃门之间的一小块儿空出来的区域里一边喝咖啡，一边往窗外看。偌大的广场一如既往地被游客们堵得水泄不通，一些人围在巨大的圣诞树下拍照，一些人仰着头静待整点古老的钟声，还有那些牵着狗的宿醉的流浪汉，他们一边跟跟跄跄地赶路一边捡起落在路缝里的剩烟头……

就在这个时候，老梅吉华丽丽的身影在繁乱的街景中脱颖而出。她时不时短暂地抬头朝这边望，每每我正欲挥手想要打招呼，她就又压下目光，拖着一深一浅的步伐继续向这边走。很显然，我始终没被注意到。此时此刻的老梅吉依旧是一副五彩斑斓的样子——高至膝盖的暗红皮靴，绣着大朵大朵芍药的浅绿色长款棉服，灰白相间的长发被一根蓝色发带高高束在脑后。我站在这堵反光的玻璃墙后面正大光明地向她望，身边路过的人们回过头偷偷投去或羡慕或赞许的目光，但无论如何，大家都对这位衣着鲜亮的老太太充满了好奇！直到她拉门进来，我才从背后悄悄拍了下她的肩膀，"早上好啊！梅吉！"

老梅吉猛地转过身，显然是被这样突如其来的热情问候吓了一跳，"嗨！克里斯蒂？嗨！怎么会是你？"她匆匆望了一眼手表，"对啊，这个时间你应该在学校啊！怎么，没去上课？"说着她又盯着表针看了看，并将一颗大粒的薄荷糖递给我，自己也含了一颗。

"要不是去外事警察局延签证，我怎么都不会缺课的！第一节课也不好打断，就准备第二节课再去。"我将糖果塞进嘴巴里，含含糊糊地解释道。

"对啊梅吉，这个时间你也应该在学校啊！怎么，没去上课？"我照着她的语气重复了一遍，也假模假样地看了一眼手表。这不看不要紧，一看吓了一大跳——还剩十分钟，第二节课就开始了！老梅吉一听，先是一愣，然后拉着我就转身往外走，也顾不得买咖啡了！

"时间我算好了，不可能迟到啊！怎么会迟呢？"这句话，她重复了整整一路……

当我们气喘吁吁地站在班级门口的时候，大家都已经拿着课本在念了。梅吉先打了报告，我才紧跟着坐了下来。这时候，大家也不认真读书啦！陆陆续续地抬头跟我们问起好来。

"嘿！怎么迟到啦？发生什么事了吗？""我有没有错过什么好戏？""你们是不是有什么共同的小计划？"……挑头的是坐在另一端的那几个捣蛋鬼，紧接着一串窸窸窣窣的质疑声在连成片的课本背后响起。

"既然大家都那么好奇，那我们就先不读书了！"塔莎女士说着便首先将课本摊在了桌子上。

这句话一出口,大家便以最快的速度纷纷合上课本,咣哩咣当地弄出好大一片声响!

"现在请两位迟到的同学讲一讲理由!"塔莎女士的目光在我和梅吉之间稍稍徘徊了一下,"克里斯蒂,你先来吧。也好让梅吉喘口气!"

我清了清嗓子,大家的目光瞬间被吸引了过来。这时候,塔莎女士也抱起了水杯,翘着二郎腿斜靠在椅子上,所有的人都摆出一副专心听故事的姿态。

"首先,对不起,我迟到了。因为早上我去外事警察局延签证了。"一看底下没什么动静,我就继续往下讲。"我四点半就起床了,五点出门,六点到达警察局门口开始排队。当时那里已经有几个人影了,可是大家谁都不理谁。于是我就一直站在那儿,等啊等,不敢上厕所也不敢去买咖啡,因为害怕离开一小会儿就被别人插到后面去!当时我越站越觉得冷,腿都已经站抽筋儿啦!队伍越来越长,甚至都沿着小路排到了公交车站!好不容易熬到了早上八点,工作人员睡眼惺忪地出来开门,倒是准时。玻璃门才打开一半儿,人群就疯了一样往里拥!还没等我反应,几个队伍最后排的男人已经冲到了我前头！"我绘声绘色地讲着,大家专注得不行!"然后我就使劲儿顺着人潮往里挤,还好我体型小个头低,钻来钻去才提早拿到了号儿。"说着,我把胳膊上的一小块儿淤青给大家看,他们一边小声安慰我,一边痛斥外事警察局的混乱。

"这是真的吗?那里真的这么没有规章制度吗?"塔莎女士认真地望着我,一副无法相信的表情。

"是这样的!上一次我去排队,凌晨三点就到那儿了,结果早上开门的时候硬生生地被那些人挤到队伍后面去!于是那天我一直等到了下午才拿到新签证!"说话的是乌拉吉米尔,那个金头发的俄罗斯男孩。

"对啊塔莎,我听朋友说起过。还有的人喝醉了去插队,还在那里打架闹事!"

"没错!外事警察局是这里最乱的地方!警察的鼻子都长在天上!"

"我看,这明明就是政党的问题!"

"是啊是啊!每次大选的时候都有参选的政党说给市民维修道路!结果呢,就比如火车站前面的那条街,被翻修了一次又一次!完全没有必要嘛!"大家又开始激烈地讨论开来,并且话题被越扯越远。

"大家不要讨论政治！现在安静下来，听梅吉说！"塔莎将声音提高了八度才将我们的热火朝天浇灭。大家的声音这才渐渐沉淀下来。

"我——我只是睡过了头！"老梅吉的声音沉沉的，"我每天都必须保证至少八个小时的睡眠，昨天晚上一点睡的，所以今早必须过九点起来。"

"那你晚上可以早一些睡下嘛！"塔莎女士的声音里充满了善意。

"不可以，晚上一点睡是我的作息习惯！"老梅吉重了重语气。

"那你可以提前一个小时起床啊，这样就不会迟到啦！"塔莎女士以哄小孩子的语气悉心开导起来。

"不可以，我晚上一定要睡够八个小时！我已经老啦！健康才是最主要的！"梅吉的语气又强硬了几分。

我们大家都不再做声，互相换了换眼色，老梅吉典型的"美国"式性格终于赤裸裸地暴露了出来！塔莎女士就此作罢，不再勉强些什么，"同学们拿起课本，继续跟我读！"大家便又拿起书咿咿唔唔地读起来，气氛却低沉了不少……

下课后,塔莎女士依旧站在门背后和大家一一拥抱告别。我是最后一个离开的,因为我对早上的迟到充满了歉意。我走到塔莎的身边,轻声说:"对不起,女士。我应该提前请假才对!"塔莎笑着拍了拍我的肩膀,"不用担心,延签是大事情!下次再去的话,可以叫上男同学和你一起,不然出了什么意外没有人保护你!"我向她道谢,然后互相拥抱道别。

走出学校的大门,天已经阴下来了。我在长廊的阶梯上方站了一会儿,隔着重重车影望了望河对岸的城堡。老梅吉的绿影子突然出现在了石柱背面。

"嗨,克里斯蒂!地铁站?"

"嗯!"

"那一起走吧!"说着,她直接将一颗剥好了的薄荷糖塞入我的口中,她自己也往嘴里丢了一颗。

刚走下地铁,就看到打票口围着一小堆儿人群。梅吉拉着我的手缓缓往里走,以免被人群冲散。两个穿深蓝色制服的高大男人正站在电梯口拿着验卡器验票,他们的身后躲着两三个垂头丧气的年轻人,估计是逃票被抓住了。

"这边的所有交通都是抽查制度,有的人逃十次都没被抓住过一次！可有的人可能第一次逃就不幸被抓住了。"老梅吉一边跟我解释，一边动手在背包里摸交通卡。看来前方大量拥堵的人群已经被逐渐疏散开了，那两个蓝制服因此重新分起工来——一个人继续检票，令一个转身处那几个逃票的家伙。

就在这时候，前方不远处传来了一阵男孩子的哭声。我的目光极力绕过人群，向着那个方向望——一个黑人男孩正一边翻背包一边抹眼泪，本子和笔稀里哗啦落了一地，他也顾不得捡，将背包倒过来倒过去一个劲儿地翻腾。蓝制服站在他的面前，双脚叉开，手臂抱在胸前，一脸无情的样子。

"我有交通卡的！只是我的钱包找不到啦！一定是刚刚被偷啦！"那男孩大声哭着，口中一遍遍重复着这句话。男孩个头不高，十六七岁，身子单薄得好像一阵风就能吹走似的。他穿着一件极不合身的大棉衣和洗得发白了的牛仔裤，球鞋已经旧的完全辨认不出颜色！

"你怎么知道是被偷掉啦！可能是你自己掉在哪里啦！还说不定是你根本就没有呢！你这个外来的小骗子！说说吧，这是第几次逃票了？以前被抓住过没有啊？"蓝制服的语调不怎么严厉，却充斥着一股耍弄的味道。

"我没有骗人，钱包真的被偷掉啦！我所有的证件都丢掉啦！"男孩哭得更大声了，并且哆哆嗦嗦地将书包左侧那条被利器划开的大口子指给大家看，"就是这里，我怕被偷，还把钱包藏在后侧贴背的位置呢！"

我们没有理由不相信男孩丢了钱包！因为正值圣诞节前夕，大量小偷混迹在人群里，他们大多是吉普赛人或印巴人种，没有正当工作，通常群体性作案！

蓝制服正要张口继续说些什么，一个三十来岁的女人被冷不丁地推了过来。她披着一件短款夹克，亮面的黑色紧身超短裙，豹纹高跟长靴，火一般的红发凌乱地盘在头顶。很显然，又是一个逃票的。

"你先等等，在那边站一会儿！"蓝制服将这句话恶狠狠地丢给黑人男孩之后，便立马转过身。

"700克朗！"他头都没抬，就将顺手签好的一纸发票递给了红头发的女人。

那女人也没开口辩解，只是微笑着接过了那纸发票，顺带从蓝制服的手中抽过签字笔。然后她优雅地转过身去，在那发票的背面迅速写下了什么，又利索地塞回到那蓝制服的手里。他先是愣了一下，紧接着下意识地往纸上一瞄，然后趁没人注意，迅速将发票揉成一个团塞进上衣口袋。

"为什么没有票？"他正了正声，转向那个叉着腰，倚墙而立的红发女人。

"不正要赶去上班吗？走太急，忘带交通卡了！"她漫不经心地答道，顺手拢了拢一缕掉在眉角的发丝。

"看样子也是，今天放你走，下次必须带上！不然的话双倍惩罚！"

"那谢谢你！"那女人迈步就走，直到通道拐角处才转过身，将手放在耳边，对着蓝制服，远远做出一个打电话的手势。

所有的人都明白是怎么一回事儿了，有不谙世事的年轻人唏嘘着走开，接着在拐角处吹起尖哨，而大多数乘客则表现出一副"天塌下来都不关我的事"的样子。

这时候，在一旁示众已久的家伙们开始嚷嚷："她怎么过去了？我不也是把票落在家里了吗？"

"还有我！我的卡半个小时前过期！正准备去续费的！更不应该被扣下！"

"女人能过去，男人就不能过？你这么玩忽职守，我们可以投诉你的！"简简单单三个人，加上一群等待好戏的观众，瞬间把现场闹成了一锅粥。

"好啦!不要再吵啦!今天算你们幸运,以后都把票给我带在身上!不然双倍罚款!"蓝制服看没什么办法,只好把人往里放。

于是,那个黑皮肤的男孩也弯下身来,将落在地上的文具一个劲儿地往包里捡。

"嘿!你!你不能走!"男孩还是被挡了下来。

"为什么?"他愣住了。

"为什么?因为这是法律!因为你没有买票!"

"我的钱包丢啦!我什么都没有啦!"男孩就快失控了!

"现在,我们要把你送去外事警察局!既然你什么都没有了,就消去你的身份,将你遣返回国好了!"蓝制服说着,指了指闲靠在那边墙角的两个等着看好戏的警察。

"求求你,不要!求求你不要送我回去!求求你!"男孩一边哭,一边拉着他的裤脚。

我和老梅吉都已经通过了检查,正顺着人流继续往里走。我看了这么久,心里难受极了。可我也是个外国人,我不敢多管闲事,怕自己也被一些毫不合情理的原因牵扯进去,只好装出一副若无其事的样子，低着头，加快步伐向前溜。就在这个时候，老梅吉一把将我拽住了。还没等我反应，她便放开我的胳膊，一个大步跨出人群，并干脆地搂起了瘫跪在墙角的男孩，"多少钱？"

"700克朗，法律要求！"蓝制服看来了一位主动承担罚款的老太太，瞬间起了兴趣。他想都没想便迅速翻开罚款单，这就要下笔。

这时候，很多路人也停下来驻足观看。我吓坏了！梅吉是不是老糊涂啦？不然怎么会如此有勇气充英雄呢？我使劲儿朝她挥手，想要她退回原地！

"不要发票，多少钱？"老梅吉又问，口气既讽刺又娴熟。

蓝制服的笔尖停顿了下来，他瞄了一眼四周，又挠了挠头，低声说："不要发票可以算五百，法律规定！"

老梅吉窸窸窣窣地将背包从背上取下来，蓝制服微微扬了一下嘴角，他一定打心里感谢这位行事慷慨且利索的老太太！

"那——省去报道与投诉呢？"老梅吉话锋一转，语气却始终稳健。

蓝制服显然没反应过来，"你说什么？"

"我是说，省去报道与投诉多少钱？"她和气地重复了一遍,同时亮了亮手机和一个套着黑色封皮的小本子。

蓝制服的笑容僵了一下,他接过本子,连续翻了两三页便"啪"的一声迅速合上,"今天先放过你这个小鬼!下次再不带,就加倍罚款!"他看了一眼躲在梅吉背后的男孩,便装模作样地整了整制服,收起发票簿准备离开。

"我不是没带!我的钱包丢掉啦!"男孩委屈地喊着,那男人却头也不回地往前走。

男孩这才回过神儿来,他开口道了声"谢谢"便朝地铁口狂奔,生怕蓝制服反悔又追过来似的!我又原地站了一会儿,这才神秘兮兮地望向梅吉,她却一脸坦然。

看热闹的人群已经完全散开了。

"那本子里到底藏着什么呀?"我从她的左边转到右边,再转回左边。

"克里斯蒂!快安静下来!看得我头晕!我已经老啦!"

"那你跟我说说里面有些什么,你告诉我我就立马好好儿走路!"

"克里斯蒂,你怎么像小孩子呢?"

"我想知道嘛!你跟我讲,我不会告诉别人!"我就这样纠纠缠缠,直至地铁进站。

"没什么,就是过了期的老古董!我不是跟你说过吗,我可是干了一辈子的记者啊!"

"过期啦!那你为什么还带在身上?秘密武器?"我恍然大悟,原来一本美国记者证的效力如此强大!

"是没什么功效啦!留作纪念而已!我毕竟将大半辈子都奉献给了它!没想到今天竟派上了用场,还得感谢那男人的笨脑袋,不然我也被扣下啦!"说完,老梅吉咯咯地笑,那透着坚强的笑声背后应该布满了孤寂与辛酸吧。

自从上次迟到事件之后,同学们对老梅吉的敬重又多了几分。确切地说,是敬而远之,大家都怕一不小心唤醒了她内心深处的怪脾气!所以,课下找梅吉聊天的人逐渐少了起来,这么一来作为邻桌的我们,就越走越近。我以为这样难得的和谐与迥然不同的文化填充能够将那些漂浮在表面的矛盾层层埋住,事实证明——这个想法是如此的短暂而不切实际。

虽然学校的规定没有那么严格,可以请假或在有效次数内无故旷课,但落课这事儿是不到迫不得已,绝对做不得的!我了解我自己的惰性——落一次,就有第二第三次,最后成为习惯，就很难再扳过来。再说，捷克语的词法又小又凌乱，一层叠着一层，一天不去就很难跟上进度。

　　冬末春初是整个欧洲流感的高发期。有一次，我也不幸染上了感冒，又是咳嗽又是流鼻涕的。当时快要学期末考试了，我不敢请假，顶着寒流往学校去。我走进教室，脱掉大衣在座位上安置好，可没隔多久，就上气不接下气地咳起来。伊朗的女孩立马递上了纸巾，乌拉吉米尔从老师办公室帮我打来热开水，还有那个韩国的男孩，说他随身带了止咳药，问我要不要吃一颗……就在所有同学对我的健康表示出细致的关心的时候，一股严厉而不友好的声音，从教室门口传来，"你生病了，克里斯蒂！你咳得很厉害！"是老梅吉。

　　我望向她，对她的关注表示感谢，"没关系的，梅吉。用不了几天就会……"

　　"你生病了，就不应该来上课！"我话说了一半就被她打断了。她一本正经地与我相对站着，之间隔着一张窄窄的课桌。"你坐在这里咳嗽，打喷嚏，大家就都会被传染！特别是我，我离你最近！"她说着，冰冷的语气里没有一丝同情。"我的气管不好，天生的毛病，你坐在这里，会对我的健康造成极大的威胁！"

我轰的一下就呆住了啦！这样刻薄而生硬的表达方式的确令人难以接受！亲爱的梅吉，我现在生病啦！你就算再不情愿也多多少少装出一丁点的怜悯行吗？我结结实实地愣在了原地，滚烫从耳根一直漫过了整个脸颊！

梅吉以为我没有听明白她的意思，又手舞足蹈地解释了一遍，"听我说克里斯蒂，如果你打喷嚏或者咳嗽，带病菌的空气就会扩散至整个教室！"她的手臂在空中画了一个很大的圆圈，"然后我当然会毫无选择地将这些不干净的气体吸进肺里！"她接着微微弯腰，连续做了两个深呼吸，"可是我的肺有问题，先天的！"说着，她紧紧捂住胸口，做出一副喘不过气的夸张表情。

"现在听懂了吗？"说这话的时候，她的语调明显提高了八度！我惊了一下，同学们也不再聊天了，都安安静静地转向我们。我向他们望，他们就低下头，一副若无其事的无辜表情，我收回眼神，他们就重新转过来，一束束好奇的目光将我从头到脚泼个遍！我就快要窒息了！

正在哗哗抄作业的那个埃及男生看气氛不对，无心地冲这边撂了一句，"梅吉，看看你的表情！一大早聊些高兴的话题嘛！"说着，他笑嘻嘻地将一小块橡皮头丢了过来。

"别插嘴！我在讲正经的！我现在非常生气！"男生的话音还没落全，这句话就被狠狠地甩了过去！

男生怯怯地望了一眼，便不再敢抬头，继续哗哗地抄作业……

我的眼泪已经涌到下睫毛根儿了，下一秒一定会喷涌而出！于是我发疯一般将桌上的东西一揽子扫进书包，拉起大衣就往门外冲。当时塔莎正往教室走，她正要抬手和我打招呼，我便不顾一切地大声喊道："我生病啦——生病啦！"塔莎在身后唤我的名字，我终究没有回头！

我冲出校门，冲过长廊，越过马路，沿着河岸奔跑，直到气力全无！我趴在岸边一条空荡的长椅上，一边哭一边剧烈地咳嗽！坐在伏尔塔瓦干冷刺骨的野风中，久久地，在布拉格残忍的冬天里。眼泪好不容易流尽了，我这才注意到不远处的一棵的悬铃木。它直挺挺地站在凛冽的风中，一副坚强刚毅的样子，岂不知头顶已然片叶无存。它悲切地站在那儿，伶仃至死——这让我不由自主地再一次想到了老梅吉。

我重新背起书包，绕过那道长长的石道，闪过车辆穿行的马路——在石阶的最上层，我意外地发现了老梅吉的身影，她正若有所思地靠在石柱上。

"嗨，克里斯蒂！"她将一沓课上的材料递给我，目光温和，仿佛一切都没有发生过。

"谢谢你！"

"地铁站？"

"嗯！"我声音小小的。

"那一起走吧！"她一手挽过我。

"明天在家里好好休息！知识点我帮你划出来，剩下的塔莎说这周末帮你复习！"她冲我眨了眨眼睛。

我抬头看阴霾的天空，向上帝眨了眨眼睛……

伊斯坦布尔之夜

那时，我正半阖着昏沉欲坠的睡眼，靠在一小块薄薄的软垫上浅憩。看来长达十几个小时的远途飞行无疑是要将我原本便不那么强大的意志力摧磨殆尽——我始终保持着别扭而略微酸痛的坐姿，半蜷着肿胀的双腿，欠起的腰板儿勉强抵住椅背，并贪婪却又不那么情愿地呼吸着舱内堪比沙漠般干燥的空气。自打上了飞机我就没怎么好好儿喝水吃东西，以至于神经、意识与机体统统委靡起来。无以复加的疲惫感如同病菌一般借机发起入侵，它们侵袭了我细弱的血管，又一潮推着一潮横冲直撞般扎入精神的腹地。我被长时间囚禁在一处高云之上，也接近星辰的华丽空间里，头顶着强烈的眩晕，翻山倒海般的不适感在胃里搅来搅去。对于外在不利环境所施加的窒息感，我无异于听天由命，便只能一面拼命按住眼皮，一面暗暗安慰自己——不要抱怨亲爱的，这样昂贵而真实的高空体验并不是每个人都能够有幸享受到的！

最开始的几个钟头，我还时不时抬眼盯盯前方小屏幕右下角的表盘，并凭借浓郁而原始的回归感细细计算起剩余的时间来。然而没坚持多久，那种强而有力的期盼就被耳边隆隆的轰鸣声冲散，甚至头也不回地迅速退去与冷气流在云端起舞。也算是阶段性的心灰意冷，我先是重重叹了两声，见没人理会，索性关掉显示器，侧头斜瘫在椅背上。

算不清过了多久，一声欣喜而尖澈的童音蓦然降临，并用力将我的耳膜摇醒，"快看快看！是博斯普鲁斯海峡大桥！"听闻此声的同时，一双温暖的手臂正小心翼翼地越过我的肩膀，滴滴咚咚地在小窗上轻叩起来。我将眼罩揭下来，勉强撑起了眼皮，邻座的俄罗斯小男孩儿正欢愉未尽地望住我，"对不起，女士！我不是故意要打扰到你，我只是……"说着他将压住我裙摆的那只手怯怯往回抽离，我倾身捏了捏他的脸颊以作惩罚，"没关系的！"同时若无其事地笑了笑。见此状，这个一路保持沉默的金毛淘气鬼竟活跃起来，他先是冲这边做了个鬼脸，又夸张地将舌头和牙龈一股脑儿吐给我看，接着直接攀住我的膝盖用力将身子往窗边探，那毛茸茸的小脑袋在我的下颚来来回回磨蹭起来。我只好扭过头向里侧观望——他的母亲还在雷打不动地沉睡,看来是累极了。她有着细碎的金发,善良的眼角纹,凛冽而高傲的鼻梁。穿着却极为朴素,左手食指上套着一只简单的银环,除了凝固在唇上的淡色唇膏再没有过多的装饰。但怎么看她都算作一个极其动人的年轻女人。男孩抻开柔稚的小掌心"啪啪"地敲击着玻璃,一面还嘹亮地讲给我听:"快看,女士!是博斯普鲁斯海峡!快看!"接着他又生出了几分气力,"就要落地啦!快看啊!我们正坐在伊斯坦布尔的头顶!"这时我才揉了揉惺忪的眼睛转手将遮阳板全部推上去,倚在舷窗旁迫不及待向外望。日光早已燃尽,机翼巨大的翅影正斜斜切过一朵安然沉睡着的低层积雨云。经过一小阵不怎么剧烈的颠簸,总算是逃出了那束磅礴的气流,伊斯坦布尔的夜随之在深深的眼底层层绽放开来。飞机沿着天路在低空盘旋,划出一道道参差而倾斜的地平线,轰鸣声愈加强烈,我紧了紧安全带接着闭上双眼,以此掩饰内心极度不堪的燥郁……

那男孩跟我挥手说再见的时候,暗障般的天空竟落起雨来。我匆匆吻他的额头,他却一如既往地朝我吐了吐舌头,然后将一包蚯蚓糖宝贝似的塞给我,"快拿去!藏在兜里!"他指了指我的皮包，又转身将手指唏嘘在唇齿间示意我不要做声。他的母亲正心急火燎地拖着人高的行李大步往前走，那黯然而倦淡的眼神，哪还会顾及到背影里的这场丰盛却又秘密的道别。

我需要从这里转机再回到布拉格去。由于买了廉价航空的打折票，班次安排自然少了那么几分妥当。将近十个小时的等待，又没有提早办理本国签证，我被活活困在了伊斯坦布尔雨夜的机场里。虽然已是夜半时分，客潮却络绎不绝地涌动起来。我翻开钱包，数了数几张随身携带的欧元和仅剩的几枚土耳其里拉。极少量的消费，确是临时决定的。十来个小时，我只好故意拖慢散乱的步伐，一边东张西望一边往安检区走。

人很多，一副就快要将铝合金的路栏挤倒的样子。我先是习惯性地规规矩矩向前行，看看手表又不慌不忙地退回来好几步，到后来还时不时侧身让出位置给队伍后面来不及赶乘的游客。人们道谢之余却在暗地里怀疑起我的行径，那错综复杂的思绪，淋漓尽致地在他们的眼幕间跌宕浮游开来。往来的大多是一袭黑纱且蒙着面巾的伊斯兰女人，她们黑亮的大眼睛始终谨慎地绕着我转。语言不通，任何的解释都显得多余。我长时间弓着腰,一边哗啦啦地翻报纸一边侧身让道。

就在这时候,四统锃亮的黑皮靴定定立在了一米开外的后方。我靠在栏杆上,他们无动于衷;我善意地侧过身子,他们依旧站着不动。再翻了两页报纸,这才觉得有些不大对劲。先是目光警惕性地向上方游,脊椎紧跟着一用力,脑袋才接着被撑起。这一套连贯的动作还未落利索,一个冷而硬的男声便端端正正砸入我了的耳廓,"请出示您的护照!"。是一对警察模样的男女,左胯别着电棍,右侧竖插着短柄手枪,身材高大而粗壮。他们一左一右威武而立,并轮番将我从头到脚细细打量了个遍,那种机警而傲慢的眼神,分明是在审视一个恐怖分子或手段高明的罪犯。

"请出示您的护照!"他又重复了一遍,那近乎呵斥般重重的语气里溢满了不耐烦。

这样粗鲁而冒失的口吻的确令人生厌!我甩手将护照递给他,继续若无其事般埋下头翻报纸。他明显觉察到了我的不情愿,嘴角威胁般用力扭动了几下。同时拿着这个能验明我身份的小册子反过来倒过去地看,一会儿又满腹怀疑地盯住我,时不时还和那女警官窸窸窣窣议论着什么。挺长的一段时间里,他一直攥着我的护照,全然没有要归还的样子。这一阵子的监视与等待引来不少人的围观,队伍也不再迅速向前移动了。特别是那些身材臃肿的黑面纱们,竟一面朝着我指指点点一面纷纷议论起来。没有人知道发生了什么,我的恐惧感也在堆叠的唏嘘声中被放至几倍大。

"请问有什么问题吗,先生?"我终究是按捺不住了,神色竟无由慌张起来。

"您从哪里来?要到哪里去?"他将整句话断成一个个字节,生怕我听不懂似的,随后还冲我斜了斜眼角。

"从中国来,到捷克共和国去!"我简洁地回答,又顺手附上了提前打印在纸上的机票。

"是这样的女士,有人举报,说您在这里站了很久都不肯过安检。我们想知道原因。"他理所应当地将机票夹入护照一并没收掉了。

"您没有看见吗?转机的时间还很充裕!我无处可去,随处消磨消磨时间,无聊看看人群总是可以的吧?"得知原因,我竟理直气壮起来!甚至举起没有戴表的手腕装模作样地在他面前绕了绕。我探手指指机票,又转身准确无误地揪出那个身材肥胖且吵得最欢的黑衣女人,立时狠狠地盯了过去!她显然是被惊到了,瞬间扭过身子闭上了话语贪婪的嘴巴。

"那么女士,既然您时间充裕,就请和我们走一趟。"那女警明显抬了抬语调,随之露出一弯取得革命胜利般的微笑。见状,那个吵得最欢的胖女人立马再次活跃起来啦!她操着浓重的土耳其口音,手舞足蹈地向周围的人解释着什么。她时而拍拍脑门,时而用力转个身,时而重重地将浓眉蹙在一起……总之那一系列动作实在夸张极了!

迟迟未来得及反应,我便被毫不客气地请进了一间窄小的房间里。看来我不是被找碴儿的第一个,湿冷的角落里还蜷蹲着一位长者。他披着无袖白袍子,银白相间的长胡须被整整齐齐捋至前胸,手边放着一本磨损严重的《古兰经》。他安然无恙地坐着,在暗氲的光线中小憩。我仿佛看到了一位遥远而颓然的伊斯兰圣者,甚至是一位不畏红尘的殉道士!没过多久,他便意识到了我长久而唐突的目光,先是一愣,随即看向我,接着善意地微笑起来。那笑容意味着太多——经久的衰倦,寥落而沧桑的境遇,通灵而永藏的智慧,以及对我无礼举止的原谅。随后他又对我点点头,这才收回目光去。

"你!跟我走!"没等几分钟,一响突兀而暗哑的嗓音粗鲁地打断了这片刻神圣的宁静。接着,我被一个穿制服的女人带进了里间。

"请出示您的护照,女士!"我还算恭敬地将小册子递上前去。她哗啦啦地翻了两页,先是确认了我的身份,又细细检查起最近的一张签证。

"去布拉格?"

"嗯。"

"工作还是上学?"

"上学。"

"在那里多久了?"她唠唠叨叨地问道。

"两年多。"我看看表,确是有些不耐烦了。

"两年多到底是多久?零三个月?还是半年?"她挑了挑尾音。

"护照上都写着!您自己看啊!"对于这些多此一举又拖延时间的问题,我已经有一点失控了。

"不要怕耐烦!我们也是秉公行事!"她抬头对我笑了笑,竟没有一点生气的样子。

"秉公个鬼啊!莫名其妙就被带进来,好心没好报!真是个满怀鬼心机的破地方!"我盯了她一眼,在心里暗暗抱怨起来。

"好了,现在把电脑包敞开放这里。大衣要脱,皮带要取，还有身上所有的金属都得摘下来。"说着她起身，将几个边角泛黑了的塑料篮子递至手边。我按照她的吩咐，将贴身物品一件件往下褪。

"还有靴子，放上来！打底衫也要脱！"检查鞋子倒是情有可原，但还要求脱去贴身衣物，听上去难免有一些过火！

"现在把卡子、项链、手表，全都放上来！"如此过分的命令加上那不可一世的态度，就好像在盘查一个十恶不赦的罪犯！自此想来，我的动作不禁恶狠狠了起来。

等到一切都按吩咐执行妥当的时候，我的面貌也只能用"蓬头垢面"来形容了——原本盘得密实的发辫散作一团；眼妆也抹花了，徒留两个浓淡不匀的黑眼圈；项链和皮筋纠缠交错；袜子一只在手上，一只在仪器那端；身上也只剩下内衣内裤，还有一件薄衫。

"好了！经过检查，您没有任何问题。"她站起来淡淡地点点头，就像是宣布一项胜利而高贵的战果，眼睛却始终没离开过电脑屏幕。我没有多余的力气和她理论，又因为身子冷得开始打哆嗦，这才手脚利落地将衣物重新套回去。紧接着便风卷残云般拿起护照，搂过电脑和皮包，二话没多说就往外走，步子故意踏得梆硬！

"哎！请等一等！"我正要开门，便再一次被厉声止步了。

"还要干吗？不是没问题吗？"终于到了忍无可忍的地步，我承认，这句话是被粗鲁地甩出去的！

她的动作明显停滞了半秒钟，"靴子！您的靴子！"说着便跨过仪器将靴子递过来。我这才低下头，看了看自己冻得发麻的双脚——我竟忘记了穿鞋！

"好啦！谢谢你！"我没怎么好气地谢过她，蹬上靴子走了出去。"请理解，这是我们的工作！"余音在背后紧紧追随，礼貌，一本正经，却不带有任何感情。

出了安检我便走马观花般路过几家免税商店，远远观望了几件摆在橱窗里的小商品的标价，便不忍心再踏进去。我的脚步也不那么悠闲自得了，生怕再次以什么蹩脚的理由被抓进去搜身。抬臂看了看手表，还剩六个来小时。宽阔走廊的尽头有一家简易的露天式咖啡座，看上去不会很贵的样子，买咖啡这件事也算是早有预谋。我在人少的角落里掏出钱包，将几枚仅剩的土耳其里拉统统倒了出来，接着又数出几张小面值的欧元，以备不时之需。

人很多,一幅熙熙攘攘的喧忙景象。吧台极短,等待的队伍却长龙般排到了通道边上,好在我还有大量的时间可以用来消磨。我将电脑斜靠在墙上,身体也跟着斜倒在一旁。是从大理石主道切割来的一小块区域,不算很宽却也能松松摆上十来张小圆桌。我侧了侧脑袋,绕过挡在前面的黑影,无聊之余竟细细打量起这一小片场地来。人很多,大部分是等候航班的乘客。能从穿着打扮上分辨的是一行黄种人,应该是旅游团或考察小组之类的,至于是日本还是韩国就不得而知了。接着是面围黑纱的伊斯兰女人,我看着她们出神——那些幽婉的图腾与神秘的宗教文明兴许统统浸入到了她们层层纱幔下晦涩的眼神里。队伍在缓缓前进,我也越来越靠近这群溢满醇厚咖啡香调的人群。美国、意大利、阿拉伯……世界各国的口音也相继注入头顶的一小方时空里,我久久沉浸在这一场遥远国度的盛宴中不可自拔。

"嗨,您好!请问您需要点什么?"柜台后那粗眉短发的女孩大声问道,同时面无表情地冲我挥了挥手。

"哦,拿铁,小杯。"我环顾四周,见空位全无便又随口加上了一句,"带走!"紧接着抬头核对起价目表:拿铁(小)——四里拉。

"您数数,看这些够不够?不够我用欧元补。"说着,我将一小捧硬币递上前去。

她匆匆斜瞥了一眼,便叮叮当当将它们统统扫进了手边的塑料盒里,二话没说转过身去打咖啡。看来是足够了,我将剩下的钱收好,向前挪几步,借机将糖包和搅拌棒从柜台另一端取来。半分钟不到,那女孩便端着咖啡回来了。她将纸杯重重往桌上一搁,同时将套满金指环的手伸向我,"四里拉,或者五欧元。"

"刚才我付了一些里拉,是不是不够?"我一边怀疑一边重新掏出钱包。

"五欧元!"她不耐烦地伸了伸手指。

"知道!我是说,我还需要补多少?"

"女士,您听不懂英语吗?五欧元!"她的声音更硬了,凌厉的目光越过头顶,直射在我的影子上。

"刚刚可是付过一些啦!怎么还要五欧元?"我愣了一下,神经质地提高了嗓音。

"您哪里付过里拉?五欧元!买还是不买?"说着,她将杯子向回撤了撤。

周围坐着的人们闻声望过来,身后等待的几个黑袍子也越过队伍，饶有兴趣地看起了热闹。一副唯恐天下不乱的样子！

　　我深知自己上当受骗了！于是定定地望住她，她全然不看向我，"下一位！请问您需要些什么？"我最终碍不住面子继续和她理论，于是将五欧元"啪"的一声用力扣在桌面上，然后拿着咖啡钻出那一盏盏围堵的目光。"贪图小利！你必会因此遭受到惩罚！"我一遍遍碎碎念叨着，竟深深怀疑起这个以《古兰经》为荣且恪守教规的民族……

　　我端着滚烫的咖啡找空位坐下。从在排椅一端坐定的那一刻起，右手边那个被团团黑色围袭了的穆斯林女孩就始终盯着我看，她一遍遍打量我的全身，从靴尖到筒袜再到裙摆，最后落向我乱蓬蓬的卷发。我却全然辨认不出她的样子，那披黑布袍被松松垮垮地套在身上，或者说更像是被挂在了一个粗简的人型木架上。徒留一双深藏之下比裹布还要黑澈的大眼睛和一横被深色草药划作一笔的粗眉毛，那两波墨浓的目光仿佛向我倾诉着什么，不算热烈却总是令人难以捉摸。最初我还时不时冲她客气地笑笑，到后来干脆不再答理。要看就看好啦，对黑袍外部的缤纷世界感到好奇也是可以理解的！

　　过了二十来分钟，她还在看我。我干脆合上报纸，斜过身子想要和她说话。她显然被我唐突的举止吓了一大跳，慌乱中将目光冲向地面，紧接着再反弹回来，那来来去去的眼神，就好像被夜岩撞击着的海浪！可能是对自己的无理有一丝察觉，她随后正了正身子，低头盯着我的膝盖，可双手竟紧张地揉弄起袍角来。

"你叫什么名字啊？"我放慢语速，也不知道她听不听得懂。她翻眼向我匆匆一瞥，又低下头去绞手摆弄衣角。

"你好，我来自中国，你是土耳其人吗？"我尽量放柔语调再探了探。

她将头埋得更低了，斜垂着眼帘，睫毛一闪一闪的，就像是一头满腹警惕的小鹿！从来没见过如此害羞的人！我将蚯蚓糖从皮包外侧掏出来，自己衔了一条在嘴上，又将袋子伸到她手边。她看看糖果，再望望我，然后又看了看糖果，想拿却又不好意思出手的样子。我干脆将糖包一股脑儿塞到她的手上，背过身去继续翻看报纸。过了好一会儿，背后才响起零零碎碎剥玻璃纸的声响。回过身去看她，那深邃而善良的眼神恭候已久似的撞上了我。

"跟我来！"她动作极小地摇了摇手。紧接着起身，细心抖展了布袍上的褶皱。

我迅速整理好随身行李，将空纸杯撂进不远处的垃圾箱，又将看过的废报纸留在了座位上。她始终没看我也不与我说话，两人就这样一前一后行走，中间差着三五米的距离。我还算安心地稳步跟随着，暗暗猜测着她到底要带我去哪里。

大概是沿整个航站楼内侧转了一圈，没一会儿我们便回到了刚刚买咖啡的地方。她轻拍了一下我的肩，示意我跟进一家卖食品的免税店。我们绕过一排排人高的货架，最终落足在商店里侧的一组糖果柜前面。她转过身冲我一笑，而后从架子中层摘下一个深绿色的小圆核儿递上我的嘴边。

我先是一愣，又隔着木板缝隙向四周望了望，好在没有人注意这里。光天化日之下的偷窃还是第一次，虽然异常兴奋，却终究下不去手。我满是疑惑地望着她，将手挡在胸前以示拒绝。女孩看我一副犹豫的样子，伸手指了指下方的一小块提示板——"试用品"。我这才松了一口气，竟大口大口咀嚼起来。这样柔软又好看的糖果真是令人欢乐！看着我疯狂扭动的嘴巴，她也挑了一块儿，微微撩开面巾从开口下方将糖块送进嘴里。我接着又吃了两三块儿其他颜色的，这才感到不好意思起来。看我停下来，她再次指了指那块刻着"试用品"的小牌子，同时送上来一块更大的。我摆摆手，又指了指肚子，示意自己再也吃不下去了。她只好挑了挑眉毛，表情遗憾地将那个大块儿探入自己口中。我指了指前方卖茶叶和瓷器皿的柜台，示意她去那边转转，她却决定待在原地继续固执地啃糖果。

又待了十多分钟，两人才空着手，顶着鼓鼓的肚皮从商店里走出来。我们面对面站在灯火通明的走道上，突然就笑出了声！不久之前的陌生，羞涩以及警戒，统统随笑音飞走了！找地方又坐了一会儿，她便指了指手表向我道别，终究未发一语。我拥了拥这女孩儿的肩，她朝我调皮地努努嘴，又将一个餐巾纸包塞给我，接着就掉头离去了。

我迫不及待地拆开那纸包来看——是几大块因手温微微黏着在了一起的透明软糖，红的、绿的、黄的……上帝，我竟留恋起这场短暂的相遇！我猛然抬头，目光混在淙淙暗流之中找寻，久久的，终于再也无法辨认出属于她的黑袍子……

午夜的机场，殆尽的人踪，一场场别离终究是发生了。我坐在巨大落地窗边的长椅上，久久望着漆黑无边的天幕。我即将带着这些微微融掉了的透明糖果回去那三月的国度；而她，会不会在下一个站口用隐晦含羞的笑靥换取又一段邂逅？

楼管太太的黄昏

与布城小别后的重逢已然持续了四五天,总算是从寒冬挨到了早春。气温回升,风高日漫,就连贯穿城市始终的伏尔塔瓦河也被温润的细雨灌注得丰沛起来。

能够以如此悠然的姿态欣赏布拉格之春,自然引得他人羡慕万般。可说不上为什么,于我,孤独如同无法根治的旧患一般,从飞机着陆的那一刻起,甚至说是从机翼拨开最低处的云层,将整片波西米亚土地呈现在脚下的那一刻起——一股莫名的伤感电流般窜遍周身最终汇聚在心口。这远走他乡的离愁确是一种难医的病痛。我以为它会随着年岁的增长逐渐愈合,然而就目前来看,它非但没有减轻反而愈加严重。

前不久我还站在车流涌潮的马路中央,在吵闹陌生的人踪间向朋友亲人们指手唏嘘,更是大肆赞扬起欧洲街道的清雅与环境的宁静庄重。可万万没有想到,一个来月后的重归,竟使这番难得的清宁转变为宫苑深锁般的孤郁。从短暂的闲适中猛地抽离,于身于心,这份骨子里的浮躁都是需要时间沉淀的。

转年,开春,第二十二个年头。时光被抛上梦的风口浪尖,伴随着辗转反侧的孤独——就像是一场命运的讨伐,我无处逃遁,如若尝试,兴许明日就会被愿望孤置。

这样难挨的日子已然持续了太久——从节前,至年尾,再到剩余的一周,三天,首都机场,新西伯利亚的上空,以及伊斯坦布尔的凌晨五点。此间,没有一天能够用来无所顾忌地开怀欢乐。

从回到家的第一天起我便掰着手指算起日子,将原本就不充裕的好时光连成细杠排在纸上,而后随天数的减少将它们逐一抹去。终了,徒留一截浅覆笔痕的纸头。我想想便将它夹入随身的记事簿,以此作为度过这小段亲切时光的凭证。录影拍照是必不可少的项目,除此之外我还极力维持住失眠。事实上,我不敢入睡,生怕分分可数的钟点在熟睡中夺梦而过。

不知怎么了,乡愁竟来得如此迅然而凶猛!然而我无法确定这算不算得上"乡愁",如此轻巧的年龄,用"乡愁"做衬似乎沧桑了许多。

连续好多天，我固执地守在窗台前面，只要听到自远空呼啸而至的巨大轰鸣声，甚至望见几只用力扑棱翅膀的灰黑色大鸟，便会暗暗落下泪来。我止不住地想家，想念父母，想念那些历历在目的旧事。我忍不住地落泪，拭干，再落……

按照这样的状态下去，正常又规律的生活必然会受到不良影响。

我多多少少是懂自己的。若是想要改变现时的郁郁寡欢，最好的办法就是想方设法地感受、思考，而后近似灵魂抚慰般地写作。于是，除去学校、图书馆和散步会朋友的时间，我大多留在家中以只字片语的快慰抹平因孤寂生出的些许焦躁。

勉强算是步入了春天，早晚温差却丝毫没有缩减。沿袭了晚冬的日子，七点多钟天光便已全然隐退不见了。我泡了咖啡靠在暖炉旁的沙发上准备整理一天的功课，温雨在窗棂边细细拍打着。

书本还没全部摊开，就听见原本安静的楼道腾起一连串叮当哐啷的巨响。我被吓了一跳，接着愣了三五秒，等到响声全然顿住，这才站起身来小心翼翼走到门背后。我踮起脚，打开猫眼向外望，廊灯没有亮，楼道里黑漆漆一片。一个人住，会害怕也是难免的。我又熄灭屋内全部的光源，再次透着门孔向外望，暗压压的空气被持久的恐惧感来回挤压推搡着。确实有些不对劲，我也无法静心读书了，一心想知道门外到底发生了什么。

如此情境之下，一分一秒都变得漫长起来。我定立着不敢挪步，又等了一会儿才将耳朵贴上门缝。有细细的堂风穿过，交杂着浅弱浑浊的呻吟声。可能是有人在黑暗中跌倒了，迟迟还未缓过身，应该是老人或孩子。我打开门，又将手机和钥匙串从冰箱顶上扫荡下来，侧身出去。

梯道间光线很暗，就着钥匙扣的荧光，总算摸索到了墙上的灯钮，可用力按了好几下就是不亮。又跳闸了，怪不得有人会跌倒！这样的事情经常发生，年久失修的旧楼，埋在暗处的电线老化断裂也不是什么新奇的事情。

我住最顶层，于是踏着虚虚实实的阶梯往楼下走，沉重的喘息声随脚步越发明了。渐渐的，有光线穿过圈装扶手隐隐约约地散射上来，最终我在二楼转角处停了脚步——一个老妇人仰在地板上，刷子、抹布、清洁剂散落一地。不远处斜翻着一个塑料大圆桶，污水从五六级台阶儿之上缓缓向下滴落着，浸湿了大片地面。看样子是连人带工具一起滚下来的，此时此刻那位老妇人正僵硬地躺倒在冰冷又肮脏的地砖上，浅色毛料外套已经被浸湿了，一盏光亮泯灭的短柄电筒被脱手甩到了不远处的铁栏旁。

我认得她，是住在底楼最里侧的那个老太太！她是整栋楼的管理员，清洁工作、人口盘点、邻居纠纷都由她负责。

说到清洁工作，她有一个习惯——楼道每天定时打扫两次，一次在早上七点，一次在晚上七点。不仅如此，每一级阶梯都要俯下身来用抹布沾着洗涤液将污渍除净。就此之外，还要用细签挑净地砖之间的窄石缝。

邻住的萨沙和二楼的鲁道夫先生都跟我提起过，这太太虽然脾气臭但干起活儿来倒是认真许多！诸如此类的赞美，我也是认同的。活了二十来年，没见过几个人对于公共卫生抱着如此细心负责的态度，印象自然深刻了许多。

甚至有住民说，整栋楼的清晨与黄昏都是属于这位楼管太太的！

她的老伴年轻时做教师，由于双腿患了风湿，又不喜好出行，退休后便赋闲在家养养花草宠物。老人拥有楼后的一小圈番茄地和一条名为西蒙的威武大黑狗，没什么朋友，深居简出的样子。据说她有一个孙女,不与老人们同住,倒真是有几次下课回家在楼道口遇见过。还有一个公务繁忙的女儿,这仅仅是从老太太口中得知的。

"她事情很多,基本没什么时间回来看我!"应该属实,住了这么久,我们的确一次都没有碰到过。可如若老先生在场,听完这番话他一定会意味深长地望望妻子,接着重重叹上一口。我没有询问过楼管太太的名字,她自己也从未介绍过。在我看来,老人们的姓名是近乎神圣而不可冒犯的。与那些年迈的岁月一样,被苍劲的历史与茫茫风尘掩藏至静默了。

每天晚上十点来钟,老太太便与西蒙互相牵领着,一前一后绕着番茄地散散步。她显然称不上和善,终日摆出一副不苟言笑的样子。若上前礼貌问候,她便绷着嘴角闷闷"嗯"一声,若低头道谢,她照样绷着嘴角闷闷"嗯"上一声。虽说琐事负责认真,但骨子里却流淌着老一辈东欧人特有的强硬、规范与刻板。

"女士,无论白天还是夜晚,出入都要给大门上锁。还有,钥匙不能只转一圈,一定要扭到头!踩楼梯之前要在那块脚毯上将鞋底蹭干净,尤其要注意雨雪天气!"这话算是我们在梯口初次碰面时,老太太赠予我的热情问候。没有料到的是，自此之后这一语提示竟成为了她逢我必提的话头。

可我总觉得她的这份坚硬是强装出来的，就好像原本柔弱的意识被扣上了一顶为维护尊严而量身定做的硬壳。听房东说过，老太太本不是捷克人，是布拉格之春期间从斯洛伐克逃荒过来的。常年漂泊他乡，这份落魄与不安可不是随随便便就能抹去的。陈年碎事暂且不提，然而作为一楼之主，最基本的威信自然是要竭力建立的。可是她没有意识到，这些旁门佐证已然变得不那么重要；那个残破的旧时代以及迂腐的观感，也早已化作尘土，被历史的惊涛骇浪席卷去了！

而此时此刻，这位作风矜持且性情孤傲的老太太正无助地躺倒在我的脚边，躺倒在浓绘艳抹般凄寂的昏暗中。大面积污黑的水渍从她的身下缓缓漫过，淹湿了厚厚的条绒长裙，也淹湿了那具经过精心修饰的硬壳。

"女士，能不能麻烦你扶我起来。力气不够，我动弹不了。"她突然半睁了眼睛，借着些许微亮认出了我，便恍恍惚惚地张口求助。

见她还醒着，我立刻俯下身，低着头慌乱地询问起来："先等一等，您有没有觉得不舒服或者哪里疼痛？用不用直接叫来辆救护车？"我紧张极了。毕竟是老人,伤势严重与否是肉眼难以辨别的,想着便又六神无主般翻开手机,"保险起见,先把您家人的号码说给我!"

"不用不用,我先生出去散步了,女儿很忙的!快扶我起来吧,你看,我还能活动!只是这个睡姿,不太好起身罢了!"说着,她抻了抻我的袖子,又摆了摆手。

"我身子很硬朗!再说,这样的情况也不是第一次。记得去年夏天,我下楼提水的时候……"

见她又能说笑还能活动,我的担心确实减去了大半。便捡来光线闪烁不定的电筒,将它固定于铁栏雕花的缝隙间,接着往老太太身旁蹲了蹲,先是用力挽起她的胳膊,接着迅速绕至身后,用整个腰板儿托着她的背部一起向上拱。

"用点力气,站起来再说,地上都是水,很冷的!"我一边将她使劲儿往上扶,一边紧咬着牙缝儿安慰着。

终究是勉勉强强地站起来了,老太太在一旁余惊未定般整理着发卡,又躬下身子揉了揉双膝,我同时着手收拾起散落满地的清洁用品。

我提着水桶将老太太送到家门口,她硬要招呼我进客厅坐坐，自己则去里间换一套干净的衣物，"多亏了你，不然我还不知道要在冷水里躺多久呢！"

西蒙的确是一只礼貌又知事的老狗，见到有客人来访它没有发出任何声响，仅仅好奇地望着我，而后环住沙发一圈圈绕行着，时不时探过头来闻一闻我悬空低垂着的手指头。我一面摸它的头，一面饶有兴趣地环视起四周来。

用"家徒四壁"来形容是有些夸张了，但也好不了太多。一副长形茶几，一人高的旧冰柜，几只矮板凳，老式收音机和墙角一处熏得黢黑的壁炉。除此之外，就剩下躺在窗边的那副木制摇椅了。它看起来很陈旧，油漆都零零碎碎剥落了好几块。兴许是经常使用的缘故，看上去一尘不染的。

没坐多久便听到转动钥匙孔的声音，我探过头去，原来楼管太太的丈夫回来了。是个身材高大威武且留着栗色络腮胡的老先生。"外面下雨了，可是我没有带伞！"他旁若无人般高喊一句，接着习惯性地换鞋、脱围巾，还用手松了松裤腰。转身找拖鞋的时候，才注意到这窄窄的空间中还坐着一个入侵者模样的我。他的神色吃惊极了，先是原地愣了一下，接着两步跨到沙发这边，将西蒙用力拨到地毯上去，自己重重地坐了下来。

"晚上好女士,很少能碰见你啊?"他说着便顿握了一下我的掌心,又转手将玻璃水罐和瓷杯挪到我前头。句尾的声调是向上扬起的,这份明显的欣喜与惊异,我感受到了。

"您好!"我礼貌地点了点头。

"对了,怎么留你独自坐在这里?我妻子呢?"老人满脸疑惑地扫我一眼,接着往杯子里添满水。

"哦,她的衣服就快湿透了,正在里屋换呢!"

"我转了一大圈也没被淋湿,这个老太婆,恐怕是掉到鱼池里了!"老人打趣道,又从冰箱里拿出一罐清啤酒来。

我这才将事情的来龙去脉细细讲了一遍,渐渐地,他的神情竟凛然起来了。

话尾音稍稍才落定,老太太便身着厚厚的棉睡衣从屋内走了出来。先生立刻起身,用力牵过不听话的妻子,又捂着她的双肩将她用力按坐在沙发上,接着便开始了训话。

"怎么会发生这样的事呢?"他气呼呼地瞪了一眼,"不是说了等我散步回来陪你一起清理吗?"

原本形象孤傲的老太太此时竟像犯了错的小学生一般,缩着脖子双腿端端并拢,"怕等你回来晚了时间不够用啦!再说，工作就要按时按点儿完成，拖拖拉拉可是不行的！"

这话听来倒是合情合理，老人只好深叹一口又换了个角度继续追问开来。

"那么亲爱的女士，干活也要开廊灯的！怎么能只照着手电筒？"

"整栋楼的廊灯都不亮啦！怎么能怪我！我又不傻，不然会打着手电在黑暗中做事吗？"老太太在顶嘴，就像个受了委屈的小孩子！

"那就等到廊灯修好或者天亮再去嘛！几级台阶而已，又不是特别脏，一定要每天擦上两遍吗？有这工夫，帮我捶捶腿或者煮壶咖啡，再不然烤个小蛋糕也是好的啊！"老先生看似恼怒的话语里，隐藏着深深的心疼与怜爱。如此隐晦而踏实的情感，没有大半辈子的共处，是难以领会的。

"也不再年轻了，偏要挑起这么累的工作。说了多少遍都不听，固执死啦！"

老太太不再辩驳，垂下眼帘满腹委屈般抚弄起手掌。

我端起水杯重重吞了一大口，想要就此逃离，可思来想去终究没好意思开口。窄小而空荡的客厅中，只有燥郁的呼吸在四壁冲撞交错着。我坐在那儿，期盼着这无所适从的氛围能够就此被打破。一分钟,两分钟,三分钟——终于,还是老先生语重心长地开口了。

"我们都已经老啦,要是你不小心在哪里跌倒或者健康出了问题,没有人可以来照顾的!"他坐过去,轻搂住妻子的肩膀,语气温柔了太多。

"我的身体好得很哪!再说如果有事儿,女儿会来照顾我的!虽然她很忙,可是她一定会回来!"老太太的声音越来越小,越来越小,最后只剩下两列贴着脸颊翻滚而下的泪珠。

老人伸手抚了抚西蒙又重重叹了一声,他试图说些什么,看到太太的泪水也就犹犹豫豫地打住了。

这番缄默就像是那桩旧事的导火索,引得一幅久置于心的场景也在记忆的流图中被急速抽离而出。

那是上一个寒冬的最后几天,一场突如其来的重感冒袭击了我。躺在床上整整两天,灼烧般的痛感传至骨髓,冷汗却止不住地往外发。我关闭上全部门窗,再将暖炉调至最大,这才抱着一个灌满热水的大塑料瓶钻进被窝。

身体很虚弱,意识也跟着混沌起来。纷繁的梦境如同一张执意将我牢牢罩住的网,巨大、密集无缝,一层套着一层。

半晕半醒之间，我被一阵急促的敲门声催醒，只好勉强起身，披着厚重的毛毯移步至门口，又借着猫眼向外望——楼管太太那矮小而苍老的身影被楼梯间寒气逼人的暗黄色光晕衬托着。无非是来口头上提醒一些小事情，门锁要扭两圈啦，攀梯之前先蹭脚啦，按门廊灯时不能用力过猛啦……这个处事苛刻又挑剔无比的老太太，对一切微小的细节统统不予放过！我在生病，不情愿接受数落。再说，很多家事都被搁置下来了，地板没擦，洗碗池里摞着待清理的锅碟刀叉，换下来的脏衣物小山般堆在床角。总之，综合所有，开门迎客的这个想法是极不妥当的。我只好静息站在门后，一等下楼的脚步声响起，便窸窸窣窣摸回到床铺。

接下来的这一觉到底睡了多久，又做了几个梦，我真的想不清楚了。只记得当时拉下了厚的窗帘，稍稍一眨眼便是昼夜无分的黑暗。

然而独行异国他乡，很多事情是不得不去做的，即使是在病到无法离床的时刻。比如查取当日的信件，再比如购买用来充饥的食物。

没有力气走远路，便将就着在马路对面的便利店买了鲜牛奶和一盒半熟的奶酪火腿披萨。就在我抬手将钥匙插入锁孔的时候，木门从里侧被拉开了。接着，楼管太太和西蒙一前一后走了出来。

"晚上好，女士！"面对面碰上，显然无处藏身了。我只好硬着头皮打起招呼。

"咦？你刚刚出去了？"她突然站住脚，将大门半敞着。

"是啊！"我声音小小的。

"怪不得我敲门没人答呢！"

"我……我刚才不在家！您有什么事儿吗？"我低垂着眼帘，分明就是在撒谎。

老太太将狗链向回拉了拉，"玛尔塔女士说，白天好几次去敲你家的门都没应答。就让我上去看看！"

"玛尔塔太太是谁啊？"住了这么久，好像从没听到过这个名字。

"就是那个穿蓝色工作服的女人，来查水表的！看到那张通知单没有？"她指了指贴在门背后的一页单张纸，又回过头来继续道："昨天下午贴上去的，看看，全楼就剩下你一户啦！"

"我这两天在生病，吃完药就睡下了，敲门声一定是被漏掉啦！"听了我的解释，老太太也不再追究。

"那你现在上去,把水表上的数字用纸抄下来,凌晨十二点之前必须统计上报的!"西蒙已经等不及了,用力咬住绳子。

这间房是我租来的,水、电、煤气全都包含在月租里了。我不知道如何查看数据,就连水表藏在哪里都是个谜!

"我好像没太注意过水表的位置,不然,您上来看看?"一个人住,安全最重要。不到万不得已,我是绝对不会请人来家里的。

"那三十分钟后好吗?现在我领西蒙去后面散步,你看,它已经等不及了!"

"您不用着急,我晚些时候都在家!"

"现在是过十分,指到八的时候,我就回来!"说着,她又将手表凑过来,以便再次确认!

我点头致谢,这才转过身来要关门。谁料老太太一把攀住门,指指锁眼又望了望脚毯,临了还不忘加上一句,"钥匙一定要转到头,还要蹭蹭鞋底的泥水!"

三十分钟,也不知道她会不会查抄完顺便坐一会儿。我取了大沓报纸与广告,叮零咚隆奔回家。将水槽清理干净,脏衣服转移到浴缸里,又大致扫了两遍走廊,还摆齐了门背后的鞋架……又等了一会儿，敲门声礼貌而有节制地响起。我敞开门请老太太进来，不料她的丈夫也尾随而至。

"晚上好啊！年轻的女士！"他笑着向我问候，又伸手摇了摇帽子。

"您好！"我点点头。

只见老太太拿着纸和笔，站在原地开口道："水表应该是在储藏间里，老头子，帮忙把这面镜子移开！"

老先生收到命令便起身干活，我想要帮忙却被制止了。"很重的女士，我来就好了！"说着，他又提拉开那扇破旧的木门，很久没用过了，封存已久的灰尘腾空而起。整个过程中，我傻站在一旁什么都没有做，心里竟暗暗赞叹起这两位老人紧密又极协调的配合来。

记下水表上的那两组数字，他们就要起身离开。这样的待客方式在中国是极不礼貌的，帮了我这么大的忙，至少也应该留他们喝杯水再走啊。

"不用啦！下几层楼就到家啦，不用这么麻烦的！"老太太摆摆手，老先生则伸手去开门。我当然会感到过意不去，便趁他们穿鞋的空当儿，迅速抓了几包中国带来的红茶，又伸长胳膊从橱柜顶上拨下一颗半大的柚子来。

说明谢意,他们却执意不肯收下,"这是我的工作,再说大家左邻右舍,举手之劳没什么好感谢的!"我只好另寻理由。总之,这份微不足道的心意一定是要送出去的!不然,深深的歉疚与不安说不定要折磨我多少个日夜呢!

"女士,这茶叶是我不远万里从中国带来的!这里买不到,你们拿回去尝一尝!还有这柚子,超市打折我买了三个,甜的不得了!可是吃不完会坏掉的!"我说着,硬是将礼物往老先生怀里塞。推搡了几个来回,他们终究答应收下了。

"我女儿最爱吃柚子啦!老头子,我们等缇娜回来一起分享啊!还有漂洋过海的中国茶,真是太感谢你啦!"老太太接过茶袋,饶有兴趣地来回翻看着,那样子就像一个怀抱着糖果的小朋友,单纯又快乐!

老先生抹抹干涩的眼角,又深重地长叹一口。

"女士,一个人生活很孤单的。有没有想过养宠物啊?"他突然回转过身子。

"养狗得天天带出去散步,我的时间不规律,当然行不通。养猫的话屋子里会有味道,冬天闭窗防寒实在是受不了。"我不好意思地挠挠头,其实因为自己懒惰,不能勤于打理罢了。

"那可以养鱼啊！鱼儿在水里游，喂食换水，偶尔晒晒太阳就可以了！"老先生又拍拍我的肩，算是道别。

与这事相隔大约一周。有一天放学，我刚开了信箱便听到一阵由远及近的脚步声。又上前两步，发现楼管老先生的身影出现在阶梯转弯处。

"嘿，年轻的女士！"他唤我一声，"我一直趴在窗口等你呢！看，这里有份礼物！"

"礼物！"我一时没反应过来。

"是啊！"说着老人将一个方方正正的包装盒递给我。

"给我？"我满怀感激地接过那沉甸甸的纸盒，"太意外了，里面装着什么？"

"看看就知道喽！"老先生捋了捋打着卷儿的络腮胡。

我小心翼翼地抽掉彩带，又将纸盖儿揭开——竟看到三条红尾巴的小金鱼在缸里嬉戏着！

"上帝！谢谢您，先生，谢谢您！"我欢天喜地地一遍遍重复着。

"你看，我们有西蒙，如今你也有小宠物了！有它们的陪伴，生活总归不那么孤单！"

"简直就是个意料之外的巨大惊喜！"我轻轻敲了敲缸壁，鱼儿立刻游了过来，它们隔着玻璃亲吻起我的指尖。

"对了，中国红茶好喝吗？还有那个柚子，是不是一直留到女儿回来才舍得切开？"

就在这个无比开怀的时刻，老人眼中的星火却刹那间陨灭了。他长叹了一声，又抹了抹眼角，"哪还有什么女儿，都过去十多年了。可她就是忘不了啊！这个没用的老太婆！"

我当即愣住了，站在原地久久不得动弹。顷刻间的沉默，好像硬要将这原本欢愉四溢的氛围拖入悲情的深渊。

"我很抱歉，可是我……我真的不知道该说些什么。"我垂下眼又放低嗓音，支吾道。

"什么都不用说，一生可不长，一定要开开心心地过！"老人拍拍我的肩，"老伴在等我，回家喽！"接着叹了一声，转身回走廊尽头去。我追着那单薄的背影，心里好像盛着两个铁砣，沉重到不行……

沾了水的拖把提起来很重，我上上下下往返了好几次才将一小层阶梯清理干净。转念一想，让这样一位上了岁数的老太太每日两次跪在冷硬的地砖上辛勤劳碌该是多么残忍的场景。

我没做过什么令天良动荡的恶事,可每每想到那充满凄清疾苦的另一种人间,良心便会自然而然地隐隐不安起来。

锅里的水已经煮沸了。我将最后一小袋红茶撕开,又拿出姜末儿、葱根儿和红糖,将它们混在一块儿熬起姜汤来。我不想轻易谈论这份萌生自心底的罪感到底为何而来,总之,我希望看到老太太接过这壶姜汤时暖意融融的微笑,也祈求以此放逐灵魂上的痛楚与孤独。

氤氲而生的水汽缓缓地模糊了眼前的整个世界。我打开记事簿,抽出那一截儿徒留擦痕的旧纸片细细摩挲开来。我又开始想念家乡,想念父母,想念那些再也唤不回的往昔。不觉间,竟有两行清泪潸潸淌了下来……

暂别伏尔塔瓦

凌晨一点半左右，我才关灯上床躺下，半阖着眼睛。浅浅一算，再有六十来个小时，一场暂告的小别即将在这座城市雪野苍茫的清晨上演。

事实上一个星期之前就已经做好打包的准备了，行李箱被翻着盖儿搁在屋子最中央，不怕被绊倒，就怕落下东西，于是有的没的，想到什么就当场往里放。直到今天晚上，才认认真真地着手归置起来。

原先仅是想带几件衣物和生活必备品轻装上阵的，因为到了国内要转机重新托运行李，拖着个几十公斤重的大箱子楼上楼下的跑毕竟不方便。于是从柜子里挑出了几件好看又保暖的打底服，呢子大衣只带一件，挂在身上也不会觉得太重，好在国内的气温高不了太多。我蹲在床边将提早揉在箱角的几件衣服简单叠好,再转身去衣柜下层摸长裤。由于用力过猛,一不小心将藏在柜底的连身裙一并抽了出来。正要将裙子折好放回去,转念一想,可能大衣配裙子更合适,于是毫不犹豫卷进了两条碎花连衣裙和几双厚筒袜。这时候,箱子才刚刚铺上了一层底儿。

回国过春节,不说出席什么盛大的宴会,却总是要出门走亲访友的。我望望那薄薄的箱底,便又起身去打理了两双单鞋,几条半新的裙子,一个大手袋和一只在旧物市场低价收来的皮包。规整好衣物,这才开始装备生活用品。来来回回忙碌了十几回,那些必要的或不必要的小家什儿终究是被理清了。当我将一对塑料小音箱宝贝似地埋进厚衣服堆里的时候,箱子已经快要被撑爆了,拉链也自动往开裂。我这才想到卫生间架子上还晾着一堆加急清洗出来的内衣和袜子,只好拉开箱子重新整理。有那么四十来分钟,我收收放放了好几个来回,就像小孩子堆城堡那么用心……

此时的夜显然不算太沉——楼对面的居民还在看电视,迟迟不肯落定的彩色光影钻过百叶窗,在我的墙上一深一浅跳起舞来;楼上邻居的争吵从我打包开始持续到现在,女人的叫骂声通过窄窄的楼缝,从卫生间的通风口处一波一波卷进来,而直接闯入的则是脚跟跺地板的声音,瓷器碎裂的声响——终于有人摔门而去;就连楼底下也不得安宁——狗在叫,醉汉在高声呵斥,空易拉罐在几双脚下轮番滚动……我终是睡意全无,只好在床上辗转起来。

虽然只剩下两天,但正常的生活状态与规律的作息明显无法得以延续了。临行前还想要做的事情如小山一般堆叠在脑海中——早上五点半起床,攀在城堡的高墙上看日出;然后下山,虔诚地在查理桥上走几遍;晚一些去广场的甜品店买咖啡;然后在列侬墙下帮单独行走的年轻人拍照,顺便抽根完整烟……这些统统是我的习惯,那么微不足道,可此时却是如此令人留恋。不得不说,这种情感很是微妙。明知转季便会回来,却仍存有几分难以割舍的情怀,就好像永远不再回归似的。我的联想越来越广袤,视野却越来越狭窄,身体倍感乏力,耳边的声音也在逐渐消失,浓浓的睡意席卷而至……

我站在一个分岔路口,再往前走十步,便是一条没有天空的矮巷子的道口。慢慢向前移动,好像是在寻什么人。我每走一步,身后的街景便接踵而至地融入雾一般浓重的漆黑之中。那些排在街道两侧的矮楼,相同的样式,相同的颜色,相同的门牌……我就像是被时空操控的无心的木偶——这时正将并拢的手掌微微曲成喇叭状,竟惝惝自语起来。我不知道自己说了什么,我甚至听不见任何声响!稀薄而潮湿的水汽之中,我竟看到了红裙子的维罗妮卡,她始终站在原地,抱着那台用丝绒布半遮着的手风琴,一手牵着不会说话只会微笑的小男孩。我试图向他们靠近,可身子像是被定住了一般,动弹不得……

从泥沼般难以脱身的梦魇中猛然惊醒,是因为一阵短促而有力的敲门声。扫了一眼搁在床角的闹钟——已经下午一点多了!这下可好,最后的出游计划全都给睡过去了!我赶紧跳下床,抬手抹了抹被梦境打湿了的眼角,穿着单薄的睡裙赤脚跨到门口,才从衣架上拽了厚外套披上。透过钥匙孔向外望,楼道里暗作一团,连空气都被晕成了墨色。我只好小心翼翼地问道:"是谁啊?"

"萨沙!我是萨沙!克里斯蒂你方便吗?"她边回答还边重重叩着门板。

"就来就来!"一听是萨沙,我赶紧按开廊灯,迅速收拾好床铺,还换上了整齐的衣服。萨沙是我仅仅一墙之隔的"芳邻",一个喜欢长毛狗却养着白色短毛猫咪的俄罗斯女孩。她家里不怎么富裕,从穿着打扮就能看出来。实际上愿意住在这栋楼里的人都不可能富裕,包括我在内。我们虽然没什么交往,却也算得上认识,再说她那张布满雀斑的脸颊和过于突兀的大鼻头着实令人难忘。这是她第四次来敲我的门,第一次是推销炒菜用的木锅铲,我婉言拒绝了;第二次是问我要不要买她的旧暖炉,可我的屋子里已经摆着三个房东留下的旧暖炉了;第三次是向我兜售俄罗斯原产的黑巧克力,我再次谢绝了。没事她是不会主动来找我的!我一边质疑一边将门拉开一条细缝。在伸手可触的漆黑中静候的,除了她和一大束埋伏已久且呼之欲出的冷空气之外,还有那只被举在胸口的名叫"娜塔"的猫咪!我愣了一下,才邀她进来,接着匆匆抵上门,一边收拾堆得凌乱的矮木桌,一边招呼她在地毯上坐下,又去端来果汁和临减价选来的过季樱桃,这才一起在桌边坐定。

开始的时候,两个人谁都不愿意先起话头。我看着她犹犹豫豫的样子,又盯了盯怀里的猫咪,好端端的一团白色,此时却怎么看怎么刺眼。她这次来,不会是要我买下这个小精灵吧?我该怎么拒绝?直接说房东不允许养宠物?还是说我对猫毛过敏……我在心里反反复复地掂量,最后决定还是不要先开口的好。

"听说你后天要回中国去?"她抿了一小口果汁,开门见山地问道,没有半句堂而皇之的多余问候。

　　"对啊,回去一个月,好好过一个中国年!"我不安地瞟了一眼猫咪,将盛樱桃的玻璃皿递了过去。

　　"家人一定很期待吧?"她顺手拈起一颗,然后点点头表示感谢。

　　"是挺期待的,隔两天就问我有没有收拾好行李,房屋有没有安顿好之类的。"

　　她笑了笑,"是应该多陪陪家人啊,我圣诞节也才回去过!"说着又拈起一颗樱桃。

　　我再斜着眼睛看娜塔,它也正在眯着眼睛瞄我。看它那副高傲又委靡的样子,我哪来的心情好好聊天!

　　"你怎么知道我要回国?还是——我跟你提起过?"我方才反应过来,便大惊小怪地问了回去。因为关于回国这事儿,除了两三个很要好的朋友,我好像再没有向其他人说起过。

　　"哦。"她想了一下,又顺手挑了几颗樱桃搁在手心,"是楼下看门的女士聊天时候提起的,说是房东告诉她的,要她帮忙注意着房子的安全。可现在,估计全楼的人都已经知道了吧!"她瞥了一下嘴,便伸手去梳理娜塔的毛发,猫咪一副很享受的样子,皇后似的叉着腿躺在主人怀里,身子拉得长长的,时不时还冲我"喵"上几声。

"全楼的人都知道了,还安全个鬼啊!又不是什么好事,还帮忙到处宣传!没事儿就瞎讲的大嘴巴!"我叨叨咕咕着。萨沙一面若无其事地逗起猫咪,一面无声地点头附和,很显然——这是唯一一件令我们全楼人达成共识的事情。

"那——回去要注意安全,玩儿得愉快!"她再拈起一粒樱桃,并将碗往自己面前挪了挪。

"哦,是啊——谢谢你!"这样无聊的氛围,加上那只大眼瞪小眼望着我床铺的猫咪,我的语气已经僵硬到不行。

"俄罗斯很冷的,这段时间一直零下十七八度的样子!"她又挑起了一颗樱桃。看我不搭话,便自顾自地继续道:"布拉格也冷,但怎么都没有莫斯科冷。"

毕竟少了频繁的往来与亲密的交流,再加上对彼此少之又少的了解,几句生硬的客套话一过,便词穷语尽了。屋里的气压越来越低,看着她自顾自扭动的嘴部和所剩无几的樱桃,一股烦躁与懊恼交织而生的厌气从我心里突突往外冒!娜塔也有些待不住了,在塔莎怀中钻来钻去。

我干脆将她杯子里的果汁添满,起身去加水,塔莎赶紧捡起碗中最后的几颗樱桃,接着将果汁一饮而尽,然后才跟着出来。

"克里斯蒂,我来没有别的事情。就是来道个别。"她一边吐核一边呜啦着,接着匆匆亲吻我的额头。"希望你一切都顺利!问你的家人好!"她又吻了一下我的脸颊。"那我就先回去了!"她将最后一颗樱桃也塞进了嘴里。看她夹起娜塔就要出门,我这才大松一口气,以至于在猫咪的脊背上用力亲了两口!

"娜塔越来越好看了!软软的真可爱!"我轻轻戳了戳她的毛,猫咪狠狠斜了我一眼。

"是吗?你要是喜欢,下次她生小崽儿了给你留一只最漂亮的!"萨沙退回来两步,就要开始和我聊猫咪!

"对了,你喜欢公的还是母的?性格活泼点儿的还是特别安静和人疏远的?"她顿生兴趣,又突突地问道。

我这才发觉自己搭错了话,赶紧摆了摆手,"回来再讨论!时间还早,不急这一会儿嘛!"

"那也好,我会帮你留心的!回来见!"她将猫咪朝我举了举。

"谢谢你!那回来见!"我谢过她,赶紧关上门。

她到底是来干吗？只是为了道别？也不是第一次遇到这样因贫穷而行为怪异的人了，索性不去想啦！我将杯子清理到水池里，这才收拾衣服打算四处走走。

当我乘着伤痕满目的老电梯"吱吱呀呀"浮出地面的时候，墨般黑的天幕还未来得及拉下。一个来星期，雨雪只有渐大渐小之分，却从未停过。广场上的雪水已经被路人踩得肮脏，那些浑浊的泥浆洼沼把头顶的一方天空都映得昏昏沉沉起来。我从睡醒就没怎么正经吃东西，因此越走越冷，索性钻进街角一家常去的咖啡店，喝点东西暖暖身子。

"你叫什么名字来着？"柜台后的金发女孩认真盯住我的眼睛，看样子的确是在拼命回忆。

"克里斯蒂！"我朗声答道。

"哦！克里斯蒂！人太多，我总是记不住！"她不好意思地挽了挽头发，哗哗在纸杯壁上画下我的名字，词尾处，还不忘缀上一朵太阳花。

没等她说出那句，"请在吧台那端等候！"我便笑了笑，自己往里走，她会意地冲我眨眼睛。总算是扎进人堆里了——桌子旁，吧台两侧，阶梯上，就连卫生间门口都等着好几个。再没有多余的容身之处，我只好端起杯子沿街边走。

　　天光还未被湮没，行人却几乎散尽了。道路因很久没被维修过的原因，街面上生出了大大小小青石坑围成的浅水洼，我尽量挑干燥的地方走，尽管如此裤脚还是被浸湿了大块。在商业楼转角的避风塘口，几个醉酒的流浪汉围成圈席地而坐，一边举杯一边高声聊天，时不时还骂上几句脏话。空旷的广场，狭长的街道，那喧哗声瞬间被传递得无限远！他们用厚毛毯裹住腿部，勾肩搭背地轮流抽着半截香烟，周围放着几件木箱，可能是随身走的家当之类的。我用余光关注起他们，脚步自然而然慢了下来。就在我迈大步准备离去的时候，他们中的一个显然是注意到了我。他还算年轻，留着络腮大胡子，中长的卷发松松扎成马尾，穿深色的大棉服和多处被磨出了破洞的牛仔裤。他向我走过来，手里还拎着个易拉罐。

　　"亲爱的小姐，祝您健康！"说着，他用易拉罐在我装了咖啡的纸杯上碰了一下，接着回头向角落里的那群同伴望。那群人笑了起来，声音很大，气势汹汹的样子。忽然，人堆里传来另一个声音，"彼得，快回来！不要欺负那女孩！"话音还没落齐整，角落里又是一顿笑。无论他们是不是出于友善，总之我被吓到了。我怯怯瞄了这个年轻人一眼，落荒而逃！笑声在背影里此起彼伏地响起,久久地,一直持续到我行至街道的尽头。

临近查理桥,重重人影才渐渐跌宕开来。近零下十度还有兴致在河边散步的,大多该是游客!我走上桥,有乞丐在路旁的净雪上跪着,她腿下铺着一张薄毯子,身边安静地围着条大黑狗。她显然是看到了我的行径,于是将身子匍匐得更低了,口中还念念有词:"一克朗,就一克朗!丈夫死了,孩子病了……一克朗,就一克朗。"看她怪可怜的,我当然也不能照常走路啦!于是从包里翻出五克朗的硬币放在了她身前的破布袋里。"上帝保佑你,小姐,上帝看得见你的善举!上帝保佑你,小姐!"她一遍又一遍地跟我道谢,同时迅速将硬币藏进衣兜。

我继续往前走,有人倚在石壁上拍照,有人一边抽烟一边望着城堡山上出神,还有几对年轻的情侣,正躲在神像的阴影里亲吻。我沿着雪道散步,咖啡已经凉透了,好在只剩下一小口。

刺骨的寒意从流动的河水里接二连三往上泛,我竖了竖衣领加快步伐。就在这时候,右前方五米处的石壁上映着一个人影。他并不是在静心观望夜景,也没有准备虔诚膜拜神像的意思,而是手舞足蹈地原地跳动,嘴里念叨着什么。我又上前了几步,距他更近一些——是个蓬头垢面的男人,穿着肮脏的毛衫和磨糟了的呢大衣,脚下的靴子已经裹满了淤泥。他戴着一副圆框的眼镜,始终在神像的脚前方活动,怎么看都不像是流浪汉的样子。

他时而向路人抡去手中的旧毛毯,时而冲着石雕吐口水,时而又跳起笨拙丑陋的舞来。过了一会儿,他竟冲着神像朗诵起诗歌,我顿时生了兴趣,只想要驻下足来聆听片刻。正大光明地欣赏,显然是不被允许的,这毕竟是一种精神失常的疯狂举止。于是我点起一根烟,转过身去装出眺望河景的样子,其实耳朵早已被牵到了背后。

"……我要撕碎你的皮肤!还要将你的灵魂也掏空!什么上帝,何来所谓的上帝……总有一天,那些恐惧会远离我,而我所渴望的,必将匍匐在我的脚下,以亲吻我的脚尖为荣……"那语调狂妄却也颓唐。"什么美好的世界?何来神圣的灵魂?这世间唯有地狱永存!"说着,他就向那神像啐了一口,然后又拿起毯子赶开过路的人。"滚开,魔鬼!快滚开!"人们纷纷绕道而行,他一个人在那里疯狂演绎,人踪深处，活活生出一座孤单而封闭的岛屿。应该是一位诗人吧？被生活逼到了穷途末路？还是灵魂都被诗歌挖去了？我又靠了一会儿，突然觉得自己的行为冒失又可耻。于是捻了烟头往回走，那男人的身影越来越朦胧，声音也渐渐被滔滔河水隐去，最终被融进了浓黑的夜色之中……没走几步，天空便再度飘起了鹅毛般的雪花。

我赶开层层雪幕，沿来时的路线往广场那边的地铁站返，雪越下越大，到后来干脆小跑起来。再一次临近商业楼转角的避风塘口的时候，竟有一阵音乐声随雪花铺天而来。我将大衣的帽子遮在头上，这才凑合能够清出视线——是刚刚那群醉酒聊天的流浪汉！他们现在竟一人抱着一件乐器合奏起来，那气氛欢快极了！站在最前面的是那个和我搭讪的年轻人，他的胸前挂着一把萨克斯，其他的同伴们有人在拉小提琴，有人在奏低音贝司，站在最后头的那个脏老头竟拨起了吉他！是一首古典乐改来的爵士，我虽然记不起名字，但觉得好听极了！

没过多久，路人们纷纷冒着深雪前来围观。这会儿不仅是游客，就连往家赶的当地人也挨个儿落下了脚步。一曲终了，一个身着大衣，戴貂皮帽的男人从人堆中走上前，将一张大面值的美元放进年轻男人的琴箱中，"《莫斯科郊外的晚上》！"他点了一首，听那口音再看看那打扮——俄罗斯人！打头的男人立马转身吩咐了同伴们，省去了预演也没有任何多余的协商，一曲民歌随着潮湿的空气潺潺流出。最开始，大家只是静静聆听，时而客套地相视一笑。没想到，不多久那俄罗斯男人竟当街放声高歌起来。紧随着，有人开始按节奏拍手，有人蹿出人群跳起舞，后到的几个俄罗斯游客甚至跟拍和起声来！空荡荡的广场一下子热闹啦！就着昏暗的街灯，大家在湿漉漉的地面上旋转、鼓掌、尖叫……我一直在笑，对那个萨克斯手笑，也对旁边的观众笑，喧哗声阶段性落定的时候，我的笑容已经结住了！

一部分行人继续分流赶路，一部分原地等待下一乐章的兴起。休息了片刻，那个年轻的萨克斯手拿出几张CD上前兜售，"250克朗，和平时在街上演奏的曲目一样——250克朗！"

刚好转日就要回国，买一张来就算自己不听也能当做礼物赠好友。这样的街头音乐显然比名人的正式演奏来得更动人，更自由！再说，价钱比音像店里的便宜太多！

"这几盘都是一样的吗？"我指了指他手中装帧简易的塑料盒。

"都是一样的，你看！"他随手递过来两盒。

"算200克朗好不好？我就在这附近住，按本地价算嘛！"

年轻人好像被我说动了，他犹豫了一下——就在这时，那个脏老头一个箭步从后方冲上前来，用力向我挥手，"不活啦！不活啦！手都冻僵啦！一分都不能少的！"

"你看，经常在查理桥上演奏的那支乐队，你们应该知道吧？他们一张碟片也卖250克朗，可是他们琴师的年龄比你们大，乐器也比你们多好几样呢！"我眨着眼睛，胡搅蛮缠起来。

那年轻人听我这么一说，只顾在一旁"扑哧扑哧"地窃窃笑。

"姑娘，艺术可不是按年龄和人头来算的！"老头一边对我摇头一边无奈地摊了摊手，他一定认为我肤浅又无知。围在一圈等待的人们这时也不再纷纷议论了，各个拉长了脖子冲这边望。

"好啦好啦！艺术无价嘛！那我就给你250克朗，你免费现场送我两曲？"看来还是年轻的萨克斯手比较好说话，尽管他迟迟考虑了几秒！

"听什么啊？"那人侧着脑袋问。

"就来两首你们奏得最好的！捷克民谣之类的！"我满心期待！

刚付了钱，欢快而古老的浪潮便立即在夜空下被掀起。拍手的、尖叫的、吹长哨的，年轻人们淋漓尽致地高喊着"万岁"，场面乱作一团！老一批观客还没来得及离去，新的一行人又里里外外围了个水泄不通。我看了看表，已经十点半了，这才流连忘返般向两侧的人道了晚安，然后钻出人群下地铁。

到家的时候已经深夜十一点近十分了。楼道里的壁灯连续按了好几下都不亮，估计又跳闸了。我在伸手不现五指的漆黑中窸窸窣窣地翻钥匙，然后费了半天劲才将它对进锁头。进门的时候，脚下好像有东西被带倒了，我赶紧打开廊灯——是一小袋精装的饼干，包装袋上画着我不认识的俄文字符。背面是透明胶带粘着的一张薄纸片，用捷文写着寥寥数字。

"克里斯蒂，希望你一路顺利。代我向你的家人问好，要过一个快乐的中国年！我会一直等你回来，娜塔也在等待……萨沙。"我抱着那一小袋饼干，站在萨沙的家门外，长时间的，却始终没有勇气抬手叩门。于是转身回家，将仅剩一盒的樱桃洗洗干净，放在一个透明小方盒里，连同一盒还未开封的新鲜草莓汁一并搁在了两家门之间的干净脚毯上。我随后将刚买来的碟片插入唱机,那一首首悄然如梦的音乐,令我莫名怀念起广场上那场近午夜的狂欢。

  我动作迟缓地将行李封好,又敞开窗子,凛冽的夜风横冲直撞般夺框而入。雪还在下,层层积在萨沙家的小花台上。我望着她的窗户,竟热泪盈眶起来——上帝啊,我怎么忍心去怀疑一个善良而纯稚的灵魂?到底需要多少公斤的白雪才能洁净我内心深处因狭隘猜忌而生出的些许羞耻感?那桥上疯诗人的声音毫不客气在耳畔响起,"总有一天,那些恐惧会远离我,而我所渴望的,必将匍匐在我的脚下,以亲吻我的脚尖为荣……"

加利西亚的劳拉

十二月初,一个被冬雪轻轻锁住的傍晚,我抱着刚借来的一大沓资料从图书馆出来往广场上走。教堂顶部的一方晚霞还没有落尽,诗一般严峻的青黑色天幕却已然在伏尔塔瓦河的下游悄悄降临。我先是如梦初醒般在广场一侧的走廊上站了站,拨开游客们络绎不绝的风影与层层激荡的欢呼,天文钟在沉腐的第五拍的音尾骤然收声——时间还不算太晚,我抬头用力转了转僵硬的脖颈,又俯身揉揉冻得生疼的膝盖,这才迈开步伐去"两个寡妇咖啡馆"小坐一会儿——大约五分钟的步程,沿着淡黄色的盲道一直走,接着从第二个岔路口向左转。"两个寡妇咖啡馆"是市中心这片灯红酒绿的繁华地段中唯一一家堆满书籍且整日播放舒伯特的隐秘区域。由于位置偏僻,陈设古旧,游客着实少之又少。我最初也是因为美国朋友老梅吉十二万分热情的全力推荐才前来造访的。

几番往来，这却是我第一次刻意定足于小巷的入口处翘首观望，算是应了四周霓虹初上的优雅情境，也算是应了黄昏时分的稍许怠惰。窄街的右手边，是一家名为"莎士比亚"的二手书店；左侧是一栋弃置已久的朱红色小洋楼，残破的蚀木门扇上还不忘挂着一把滴了锈水的铁砣大锁。我沿雪印小跑了几步，又顺着钉在墙上的指示铜牌向巷子更深里望——一扇铁栅栏遮遮掩掩地躲在大丛枯去的野蔷薇背后。刚上前几步，咖啡的醇香便和着董褐色的暖光不经意般从虚掩的门扉间交织在了一方方青石板上。我随即换了更为考究的姿势，轻悄悄地推门进去……

这是一方不算太大的单层店面，整体布置温馨苍老，却也甜腻，就好像外婆临走前留下的最后一块填满陈酿苹果和野蜂糖的大馅饼。室内的空间虽然整洁，却没有想象中那么宽阔。挨墙的四角上安置着各样造型繁复的小摆设，有金玫瑰图案的叶形落地灯，会发光的仿陨石地球仪，夹着战时黑白老照片的高脚相框，烫花的铜质婴儿小摇床，还有贴着玛丽莲·梦露或各式老海报的玻璃挂镜……周围一圈零落排着几张印有西洋棋格的暗色矮方桌，桌上规规整整地置着小份报纸、琉璃烛台和白陶瓷糖罐儿。中间较为空荡的场地卧着一条长方形的茶几和两三席深蓝色丝绒面的印花沙发椅。若故意将鼻子向墙角凑凑，淡淡的霉菌味儿定会扶墙而生。我将大衣挂在门口的红木立脚架上，这才定定神敞开眼帘向四周望——下雪湿冷的缘故，室内的客人竟比平时多出几成，大体为清一色的中老年群体。他们有的围着大披肩靠在墙角合眼小憩，有的一手捂住咖啡一手托起放大镜，有的俯在桌角浅声聊天，并且礼貌地将语调压至极低。这场面看似萧然颓败，却恰好映衬出了咖啡馆年迈而灰白的单调节奏。

店主是一位顶着小团肉红色秃顶的矮个儿老头，此时他正穿着一件毛料的灰色旧西装，坐在吧台后的高脚椅上边喝茶边翻看一本页面泛黄了的厚书。那只长毛黑色肥猫咪懒洋洋地赖在甜品柜一端的软垫上，时不时翻身将几团绕乱了的毛线轮番推来滚去。

"您好，请问需要点儿什么？"他的余光显然才刚注意到久扶在柜台前的我，随之抬起头，摘去了架在鼻梁上的老花镜。

"我想要——"我浅声答道，同时不紧不慢地搓了搓冻得通红的手掌

"拿铁、厚奶沫、小杯、带走、对吗？"我的答句还未落全，老人便猜字谜般一词一顿地念了出来！

"您的记性可真好！"的确令人吃惊，我一面夸张地瞪大眼睛，一面重重点头赞叹道，"今天有空，想喝完了再走！"

"好好好！这里要比外面暖和，坐下来也好！"老人慈爱地点头，顺手将纸杯套回去，换上一把阔口的瓷杯便转过身去吧台那头打咖啡。

我的心情突然雪过天晴一般，强而有力的通透愉悦感顺筋络合集为一束，又沿着脊椎流畅地疏导至头顶！我从钱包数出了几枚硬币，又"叮叮当当"地将它们投到内侧的毛玻璃瓶里。这才笑嘻嘻地道谢，并接过杯子在靠窗的墙角落座。老式留声机"吱吱呀呀"地唱起了舒伯特，那一缕缕被岁月残蚀得参差不齐的音律，就像是从森森的朽木地板缝间摇出的一般……

那女孩破雪而入的一刻，所有人的目光统统冲向了门厅。顺势席卷来的，除了那探戈般的热烈步伐还有几束夹着冰粒儿与尘埃的冷风和步尾一阵"叮叮咚咚"的陨石风铃声。那势头停顿了五六秒，算是对这个聒噪的入侵者故作姿态的迎接。接着老人们才又将注意力纷纷转移到之前所专注的事情上——看报的继续埋头看报；靠墙打盹儿的不过是换了更为舒适的坐姿；聊天声扇风般再次续上前阶段的尾语；只有那个拿着放大镜的老先生，他干脆将眼前的家伙什儿推到小桌的另半边，开开心心吃起一块儿碗大的胡萝卜蛋糕来！

"您好！"她冲吧台后的老先生挥了挥手中刚摘下来的线帽。

"您好，女士！"老人点点头，那一本正经的语气中竟流露出稍许东欧人特有的刻板来。

"天气真冷啊！我有多久都没有见过这么深的积雪啦！"她用英语说着，同时用力抖了抖躲在衣褶沟壑间久不愿融掉的雪粒儿。老人没有搭话，一脸严肃地将书页合上。"在我们西班牙，这样的雪天是不多见的！"老人依旧硬着脸孔，嘴角绷得紧紧的！见老人不怎么感兴趣，她也就黯然地收了声，随手拿起吧台上的一本风光画册翻看了两页。看来和我一样，是个乐于游行的外国人！我就此顿生出了极大的热忱！

"女士，您需要点什么？"老人努力整了整凌乱而成分缺失的句法，故意示范性地将声音压压低。

"哦，小杯的美式黑咖啡，加牛奶！清咖啡就好，不要加任何水果味道。"她显然没有注意到老人的用心,再一次嘹亮地答道,又开始手舞足蹈地脱围巾。

"对不起女士,我不懂英语。"老人突然停下手,接着耸了耸肩,同时带着几分焦急向座椅这边瞟。

那女孩先是停滞了几秒,一副潜心思索的样子,接着用力晃着身子,"美式的——黑咖啡——"

顷刻间,一道道沧桑的困窘攀上了老人的脸颊,他再次用力耸耸肩,表示自己实在是听不懂。女孩儿原地站了一会儿,一副不知所措的样子。我以为她会就此作罢——悻悻地离开,或是上前寻找看上去懂点英文的人求助。我甚至已经放下了手边的书本与瓷杯,只要她的眼神扫过,我便立刻主动站起来。毕竟要面对一个远道而来的陌生的异乡人,我暗暗调整起自己的交流状态——感情基调要相对高涨些;说话口吻十二万分的有礼却绝不死板;还有笑容,要表现出矜羞且决不能让牙龈外露!就要认识新朋友了,那种骨子里析出的愉悦确是难以按捺的,这种情感多少源自于长期离落在外的孤寂与恐慌。就算是重复了一百遍的旧事,就算是聊过一千遍的话题,新鲜机体的加入总能为原本乏味的事件点进猝不及防的些许乐趣。如此一来便不难理解,为何我是如此贪恋陌生磁场之间致命的吸引力！可就在我一切准备妥当正欲起身的时候，那女孩竟自己比画起来。

"就是这样——您看！"她捻了小撮儿筐子里的样品咖啡末儿顺势舔舔指头，又将堆列在立柜角落里的牛奶桶凭空点了几下。"混合在一起！"她利落地捞起一个小号瓷杯，夸张地搅了搅手臂，"您明白了吗？"她将厚镜片向上推了推，再次目光端正地笑望着老人。

老人先是愣了几秒钟，才又恍然大悟般打出"一切安好"的手势。无论有没有真的弄懂，只要照女孩的意图，将牛奶咖啡简单掺在一起就好了嘛！反正看她大大咧咧的样子，不像是个计较的人！

我远远看着吧台那边，失落感多于好奇。这件乐事总归与我无缘，干脆不去管它！我又端起杯子吞了一大口，这才沉淀了心绪埋下头来继续读书…米兰·昆德拉、卡夫卡，那些相互纠结着哲理与华美的句段，我一面阅读，一面着手记录——"友情对我来说，证明了存在着比意识形态、宗教、民族更强烈的东西！"

"你好，请问你在等人吗？"就在这时候，一双圆头的黑色厚雨靴定立在了我的眼底。

"没有啊!"我立刻将目光从印满字母的旧纸上移开,那女儿端着咖啡和一大块奶酪蛋糕端端立在那儿。

"没有位子了!"她不低头看我,也不挪开步伐,只扭着身子一次次环视四周,好像多看几遍就能凭空生出一个空桌似的,我追随着那目光望了一圈,小小的房间,确是被充满了。"所以,我可以坐在这里吗?"她终于眼怀期待地望向我,又用扫视中的眼神和微微扬起的下巴指给我看,"只剩这一个位置了,我可以坐下来吗?"那试探性的语气彬彬有礼却也温婉轻盈。

"当然没问题!"我赶紧将架在椅子上的书本和背包移到地板上,腾出足够的地方给她。

"太谢谢你啦!"说着瓷杯碟便被重重搁在了桌角。这句话的确是发自内心的,那明显抬高了嗓音和那厚重而磁性的频率,引得周围静滞的人们纷纷探头观看。我拿起铜勺故作正经地搅了搅咖啡,又将手指在嘴边唏嘘了几下,"小点声,都是在专心做事的老人。不许打扰的!"女孩拍了一下嘴,"真对不起!瞧我的大嗓门!"这句话更是脱口而出,那一高再高的音量,使得闻声观望的脑袋又多了几个。她尴尬地冲我眨眨眼睛，干脆不再开口，而是埋头在硬皮记事本上哗哗地记录着什么。我又开始读书，可面对这么一个封存着故事且有待发掘的大活人，本就没留几分的专注，顷刻间便土崩瓦解了。

我终究没能按捺住奔涌的情绪，索性应顺心意，斜着眼角细细打量起她来——女孩不算太瘦，穿着一件黑色短款呢大衣，领子高高竖起；棕红色的利索短发，眉骨很高，除了睫毛膏没有任何多余的修饰；那直而挺的鼻梁上架着一副与健美气质颇为不符的厚片宽梁镜架。她正错行写着什么，三三两两的句子缠绕着疯狂飞跃的饱满指腹。我与她相邻而坐，就像是靠近了一簇与这倍感沧桑的情境格格不相容的小火苗，她在一群湿冷的陈腐间拼命地燃烧，仿佛顷刻间就能将这沉沉死寂燃烧殆尽！

她看起来是注意到了我，又好像没有完全注意到。总之，在最初的这段时光中，我们谁都没有先开口讲话，是对于陌生人的反射性防范，还是欲诉不能的羞涩？这就不得而知了。也说不上到底是她身上哪种气质深深吸引住了我——洒脱的凌乱短发？欢天喜地般冲上云霄的浓密睫毛？小兽般野性却温柔的沙哑嗓音？优雅托着腮帮的葱白指尖？还是从笔触倾流而下的潺潺泉思？我疑惑地悄悄望她，竟一丝一缕细细整理起来，谁知越绕越乱，人性之中的重重美好关联，本不是分门别类就能说清楚的。

"嘿！"终于，对面热情的大嗓门蓦地将我点醒，又举起夹着笔的手晃了晃。

我被这突如其来的问候吓了一跳，未作任何思考便匆匆"嘿"了回去！

"你一直在看我？要尝尝蛋糕吗？"她说着便迅速往自己嘴里送了一块，接着将糕点叉与盘子一并向这边推了推。

"不用不用，谢谢你啦！"我知道欧洲人讲究分餐的习惯，又觉得很不好意思，赶紧摆摆手，眼神不自然地上下飘动。她仿佛读出了我的难为情，便也不再客套地继续礼让。

"我在写旅行日志。你看看，已经这么多啦！"也不知是不是故意想要吹散这团凝固在我们中间的尴尬空气，那女孩说着便捏起那厚厚的本子展示给我看。

"旅行日志？"我双手接过那本子，翻阅起一个个疯狂旋转着的拉丁字母——紫色圆珠的笔迹，廉价硬铅芯绘制的简笔图景，粉色的荧光标志，还有一角风干了的黑咖啡印渍。

"对啊，从加利西亚出发，享受整个欧洲！我已经走了两个月啦！"她自豪地拨了拨挡在眼前的一撮儿碎发，目光变得柔软而幽远起来，仿佛瞬间便陷入了回忆的沼泽。我也跟住她的节奏自然而然地凭空幻想起来。"你知道吗，我很少走大城市！安排旅途的时候，我就尽可能多地将乡村、小城镇画在一条线路上。"她习惯性地扶了扶镜框，也不管我想不想听，便自顾自地继续道："走在田野上，村庄与村庄间距很长。有时候长时间寻不到一个人影，穷乡僻壤的地段也没什么过往的车辆。于是泥土与野草更显得友好起来，还有地里的小昆虫、小沙粒都时刻欢迎着你的为所欲为！"她浅啜了一口咖啡，娓娓讲述着，我已然被成功引领到了戏剧性的乡间小调之中。

"前一段时间，就是天还不算太冷的时候——我在法国南部的森野里经过了一小片树林。当时正好有风吹过，那些暗黄暗红的叶片顺势哗哗地往下落！我突然觉得特别美！干脆脱掉雨靴，只踩着一双厚绒线中筒袜就绕着那几丛矮灌木狂奔，枯叶在脚下'咔咔'作响……"她诗情画意般描述着，我竟贪婪地享受起这身临其境般的巨大欢愉！

过了好一会儿，完美旅途的讲述才算告一段落，女孩儿舔了舔干燥的唇，又端了端咖啡，疲倦的目光缓缓漫过窗棂。

就在高迪的圣洁灵魂与圣托里尼的海岸线不顾一切冲入大

脑的各个死角的时候,她却猛地并拢了双腿,同时用力将身子向我这边探,就好像突然想起了什么似的。

"上帝!说了这么多!我们还没有彼此介绍!"她拍了一下头,又大方地伸出右手,"我叫劳拉。"在第二个音节处,那舌尖明显打了个柔软而灵巧的小卷儿。"我来自西班牙的加利西亚!小地方,你知不知道都没关系的!"话语的尾音连带着几声"咯咯"的笑。

那股劲儿来得猛烈,我完善措辞的能力完全被冲散了,只好照着她的句子说:"我叫克里斯蒂,来自中国!"同时伸出手去。她显然被我拘束的样子逗笑了,一边点头一边拉起我微微曲起的手掌,用力握了一下,随即放开,"中国!好遥远!不过听这发音,就知道是个美丽而富饶的国家!"

"好吧克里斯蒂,告诉我,你是在这里长居呢,还是短暂的旅行?"她饶有兴趣地问道。可能是嗓音过大的缘故,引得邻座的老先生斜眼盯了盯我们。

"不算是长居,过来上几年学而已。"我收了收声,"嗓子压低些,大家都在做事,不好打扰的!"

"西班牙语就是要大声说!小声说就没有那么热情了嘛!"劳拉冲我撇撇嘴,又补上一句,"再说了,我不喜欢扮

'嘎嘎嘎'的鸭子叫！"但终归是几句抱怨，她还是出于尊重，将音调降下来好几度。我们就这样有一搭没一搭地聊了一会儿，从葡萄牙说到瑞士，从加列戈斯聊到波西米亚，又从莫奈聊到荣格。

"嗨克里斯蒂，这样说话实在是不舒服，我的气管儿就快要坏掉啦！"劳拉不悦地挑起眉毛，夸张地做出无法呼吸的怪样子，"不如走出去边逛边聊吧！我初来乍到，只是在市中心绕了绕，还没来得及看巴黎街夜晚的奢华大橱窗呢！"我点点头，无意间发现邻座的老头又在嗤之以鼻地久久斜视我们。整理好衣装，又抱起那一大摞书，窗外的夜全然黑尽了。

我们挨着步伐穿梭过整条小巷，劳拉突然一把拉过我的手臂，"克里斯蒂，你背着那么大的书包太重啦！书本就让我抱吧！"她接着说。

"那太麻烦你啦！不用，我自己拿得起。"

"就让我来吧！"

"真的不用！"我们竟客气地拉拉扯扯起来。

"你是我的导游！你花时间陪我，这点事儿是我该做的！再说，你本来就拿不动了嘛！"她敲了敲我微躬的背，整摞书便重重落在了那善良的臂弯里。看来，我终究是拗不过这个游戏乡间的加利西亚姑娘!

由于天气寒冷的缘故,街上的游客少到屈指可数的地步。人们大多待在家中煮浓汤,或躲进街道两旁烧着壁炉的甜品店中取暖。巴黎大街是广场深处一条只售卖奢侈品的宽巷子,有钱人家的先生太太们,名贵跑车们,全都聚集在了这里。我通常是避免涉足的——一张缺乏立体感的面孔,就着一身颜色俗丽的装束,在披着裘皮且妆容精致而优雅的女士小姐们之间行走,着实难以抬头。

"算了吧,在档口凑凑热闹就行啦!里面是千篇一律的名贵商品,没什么好看的!"我装出漫不经心的样子对劳拉说道。

"去转转嘛!算是了解一下有钱人的品位与穿着!"劳拉那副与华丽情境格格不入的大嗓门再次开启。

"好啦!反正也不常来,有个伴儿总是好的!"听我这么一说,她竟愉快地挽起我的手臂!

我们走在琉璃四溢的灯光里,走在那些为富人们特意准备的谄媚笑靥之中,划破些许高贵情人之间婉转低语的空气,越过那名牌提包堆砌成的物欲的山峰。劳拉始终以走马观花的姿态向前走,可最终被大街拐角处一家高档法式甜品店的大橱窗阻挡了去路。我闷着头正欲跨步,她却一把拽住了我的衣袖!

"这里很贵的!你看看,全都是衣着考究的绅士淑女!"我的手掌在那片亮丽中迅速一抹,赶紧揽了揽她的手臂,"快走吧,你要是饿了,我们去市中心的快餐店!"劳拉好像没听到,只顾出神地向橱窗里的陈列台上望!

"你看,克里斯蒂!那个牛角包真诱人!你说那是真的还是仿制品啊?我甚至能闻到它的香味!"她说着,示意我往柜子的左下角望。

"快走啦!站在这里吞口水多难看啊!面包而已,卖相和味道没有太大联系的!"我斩钉截铁地催促着,又故作镇定,生怕伤着她的自尊。

"别着急,就看一小会儿!克里斯蒂,我从来没瞧见过做得这么诱人的面包!"说着,她又指了指橱窗后面一位身着黑色礼服的金发女士,"你瞧,那个柠檬塔一定很好吃!看看她的表情就能知道!"

就在这时候,橱窗上印出一溜衣着齐整,穿着高筒靴的俊俏人影来,还没等我反应,一双白手套便有礼地敲了敲我的肩,"女士们,需要服务吗?还有空位,里面坐!"说着他竟鞠了个半躬,随之伸出那只修长的白手,做出请的姿势。

我低了低头，一时间竟不知如何是好！这样昂贵的场所，的确是我们消费不起的，可一旦拒绝……

"谢谢，我们就站在这里看看！"劳拉的粗嗓门突然不假思索地鬼扯了一句！我盯了她一眼，再望向那个服务生。只见他迅速站直了腰板儿，同时将手背到身后，"好的，欢迎下次光临——再见。"他的脸上仍有余笑，却是那样冰冷又僵硬。

"再见！"劳拉兴高采烈地回应着，还挥了挥裹着棉手套的厚掌！那硬的影子没有回头，转眼便消失在了那块吐司型招牌的背后！

"看看，克里斯蒂！原来在高档的食品店，服务生都如此具有风度！"我努力克制住自己的恼怒，什么都没说，只是转身踏回到离店面五米左右的街道边去。劳拉显然没有意识到我的转变，她仍然站在那里，心满意足地望着盛满美食的橱窗咽口水。

我没有一句正式的道别便转身离去，情绪过于复杂，好的也有，坏的也罢，我自己也理不清。就连拖在青石块儿上的影子也被寒风与沉重的情绪拨弄得寥落起来。路过广场的时候，一位戴着花帽的老人正蹲坐在墙角，和着台手摇式的旧乐器，吟唱起一首古老的摩拉维亚民谣来。我的步伐零零散散地落下来，最终止于一米开外的石阶上。我该怎样形容那被魔力注满了的声音——浑哑、原始、纯粹，与尘世无关，与欲望无缘。一路走来，我心里满满的都是那朵来自加利西亚的野蘑菇。恼怒却也内疚，我为何不能不计代价地陪她站在橱窗之外？我怎么能够为了一副无知而惺惺作态的虚假面具去伤害一具鲜活，单纯而自信的灵魂？我望着胡斯雕像，又望了望雕像后亮着烛光的大教堂，心中顿生空乏！

如果现在折回去，劳拉会不会已经愤怒地离开了？而此时，我是多么希望她还能站在橱窗前意犹未尽地等待，多么希望她仍愿意嘹亮地高喊我的名字！想到这儿，我便紧了紧步伐继续前行……

就在我离那吐司大招牌六七米远的时候，那副大嗓门毫无意外地再次开启，"克里斯蒂，我等了好半天，怎么一转身你就没影儿了？"

"哦，我……我就是在四周走了走。"我结结巴巴地编着瞎话，"对了，你怎么不回家？是不是不认得路啦？"

"路是认识的，我就是在等你呢！看看，你的书忘在我这里啦！"说着她将那厚摞叠在了我怀里。

有趣的是，这摞散发着霉味儿的旧纸，竟成为了我身体所有器官中最温暖的一部分。我抱着书，久久说不出一句话。

"好啦克里斯蒂，现在我要回旅馆去！明早要出发去布达佩斯呢！"劳拉还是一副欢天喜地的表情，好像快乐与活力在她身上永远燃不尽似的。

我一把拽住她，"等一下！"接着便转身闪入甜品店。

店内的情境显然要比橱窗外的观望还要纸醉金迷———一只微笑的驯鹿头挂在正对门的墙壁上，十来张小桌统统被金丝装点着，橱窗背后摆着一台角柜，台面上稀松放置着各种小物什儿。再来说那些穿着燕尾与小礼服的年轻情侣们，他们大多品着红酒与糕点，聊着不可告人的情话。劳拉站在我的身后，不发一语却也大开了眼界！

"两个黄油牛角包！"我朝着柜台后那位搭着羊毛绒披肩的金发女士微笑。

"好的，在这里坐还是带走？"她的声线甜甜的。

"带走，谢谢！"我利落而明亮地答道。金发女士将牛皮纸袋双手递过来，又找了零钱，接着便与我礼貌地道别。

经过门口，那装束齐整的白手套依旧杆儿般站立着。我对着他说再见，还模仿劳拉的样子用力挥了挥手臂。

"劳拉，劳拉，为什么今晚的街道有通体透亮的明媚感觉?"我将嘴巴塞地鼓鼓的。

"你说什么?"她显然没反应过来,干脆大口大口认真地啃起牛角包来。

我没有重新开口,只是抱着书,挽着她的臂膀走在人行道里侧。渐渐地,一阵阵原野上的温风夹杂着些许清凉与浑厚的果木香从遥远的加利西亚如约而至……

当丹妮莎遇见克里斯蒂

第一眼望见她的时候我便意识到,这段长达数周的低落,就要至此告终了。

这股电流碰撞般的知觉来得如此迅猛却短促,而内心的激荡足以用"惊天动地"来形容。我无法预想它会持续多久,亦不去奢求。我深深告诫自己,要心无旁骛地享受这时刻,如此说来,寥寥数秒便已足够了!

虽说是初春,但上一季的余寒却迟迟不肯褪尽。人们穿着色泽暗淡的长靴与厚毛呢挤进长久沐不到阳光的车厢里,四周的光线与空气即刻陈旧到不行。这份臆想中的压抑来得却也实际,我被圈在了一例例跌宕开来的黑影深处,那里奔涌着抑不住的急促呼吸,以及长时间处于昏厥之中的尘埃碎粒。

然而最终引得我长时间逗留的，是那团被轻掩在了大片暗郁背后的饱满颜色。说不上为什么，只是无意中瞥了几眼，那积压于心的混沌与荒芜已久的意识竟统统明朗起来了！

看样子，那女孩儿应该是在前面几站上的车。当我躲在自动门一侧放眼找寻空位的时候，她正半挽着双臂，守了对面一处靠窗的角落安安稳稳坐着。她时不时向窗角挪一挪，好像非得将自己嵌入那道逼仄中去。旁边，是一个流浪汉模样的肮脏男人。再朝外，是黑色浪潮般推张开来的人影。

究竟是怀着怎样的心情靠近这朵小太阳？我自己也说不太清。甚至不明白这样瞬间的欢愉算不算得上是一时兴起。总之，当我努力拨开沉甸甸的人群出现在她面前的时候，盛开的光芒顷刻间便将我紧紧拥住了。就像是达到了某种不为人知的目的，直到这一刻，我才肯静下心来细细绕她周身打量个遍。

女孩很瘦，无论身形还是举止都显现出一种近乎病态的柔弱来。她裹着一件米黄色旧大衣，袖口处的几渍污点仿佛无论如何都除不干净。黄色加绒长围巾松垮垮地系至衣领，编织着彩虹图案的毛衫从几颗遗落的纽扣间裸露出来。下身是一条长及膝盖的淡绿色毛料百褶裙，矜羞般浅浅遮住印了碎花的淡灰色筒袜。脚踩着一双棕色系带圆头马靴,头上斜斜盖着顶暗红色贝雷帽。

喜好如此打扮的女孩子,心中究竟装下了多少快乐啊!我暗暗猜测着,又好奇地将目光移上她的脸。

然而,静静藏匿于这一束斑斓之下的,竟是一副受伤般忧郁至苍白的面颊。

她显然没有注意到我步步热切逼近的目光,只顾歪着身子,埋头在手纹间画着什么,就好像掌心筑着一座华丽并盛满了愿望的城堡似的。那神情,专注极了!

我完全可以走上前去,冲她挥手微笑,再打一个轻松愉悦的招呼。要知道,这样陌生却友好的问候怎么讲都不算冒失的。可是我没有。如此单纯而不加任何掩饰的心境,如若打破,便不那么美好了。因而我就此打住脚步,钉在原地心满意足般观望着。

她始终低垂着眼帘,两片浓密而微微翘起的睫毛随列车行进的节奏上下闪烁着。面色很淡,看似未妆饰任何脂粉。还有那丛清淡而乏力的哀伤,竟如盈澈的水粉般在空气中弥散开来。

就像是做了一场嘈杂的梦,直到她消失在站台拐弯处,一阵阵失落才拼命抓住了我。那种被短暂欢愉弃之不顾的遗憾是很难开口形容的，我继续赶路，心里却忍不住祈盼。而不久之前的相遇也随着铁轨向更远的地方辗转而去了。

　　上帝是否真能听到人们的心事？这一点我实在不敢妄下定论。然而没有料到的是，我的那份祈愿竟在不经意中得以实现了！究竟是布拉格太小，还是应了那句"有缘的人会再相逢"？总之，我和那女孩的遇见，奇迹般又一次拉开了帷幕。

　　时隔大约三四个周。那时候，天气已经转暖许多了。有一天，邻住的萨沙与我告别，说她就要回莫斯科去了。原因是在布拉格找不到一份薪水高，做起来又顺心的工作。我执意要为她送行，她拗不过，只好答应下来。那是周日的中午，气温适宜，阳光和煦！我推掉手头上所有的计划和萨沙一起去了机场。

　　"克里斯蒂，虽然见不到了，联系还是要有的！不如写邮件吧，要附上照片一并传给我！"

　　我们互吻脸颊又挥手道别，毕竟有过一段时间的相处，依依不舍的情绪很快涌上心头。我站在航站楼厚厚的落地窗背后，看那只大鸟攀着气流直冲云霄，这才肯乘车往市区走。

时间还早，再说只顾着留恋了，没有太多心情用来做功课。于是，我在市中心下了车，趁着天光大好，决定沿河畔走一走。

街上的人很多，从穿着判别，大多则是外地来的游客。我专挑无人的小径走，甚至故意半眯起眼睛。稍微仰仰头，便有细腻的阳光顺着发丝缓缓淌至胸口。这样自由自由在的心境实属难得！我七拐八拐了好几道，最终在一条小街的入口处顿住了脚步——放眼望去，一条枯瘦嶙峋的巷道蜿蜒曲伸好似寻不到尽头。我突然注意到那雕了猫咪的屋角，这才回想起之前和加利西亚来的劳拉胡乱转悠时一路途经过。

我继续朝里走，前进了二十来步便被一面布置夺目的大橱窗吸引住了——在那窄窄的围挡间，正零落摆放着漆得黄亮的木制画架，上面分别支撑着几幅尺寸不等的油画。店家重点推荐的，应该是中间最大的那一幅。一个头戴草帽，穿着蝴蝶图案连身裙的女孩子，站在整片植满罂粟的花海中。一阵风过，花枝荡漾，栗色的发丝也随着风的姿态向侧面飘扬开来。我确实不懂得绘画艺术，只是爱极了那一片深浅不一的红，便在画前驻足了好久。

后来抬头看招牌，才得知这是一家名为"蔷薇馆"的小画铺。也不知道这股贸然的冲动到底从何而来,也许是不甘心仅仅隔着橱窗观看。总之,身无分文的我终是推开了那扇刻满了崇高艺术的雕花木门。

站在挂满画作的环壁之下举目仰望的时候,那个模糊的人影才走出后室的小门,缓缓来到我面前。

靠近了才看清——装饰性的暗红色贝雷帽,长及小腿肚的绒布连身裙,高至膝盖的棕色绑带筒靴,还有那看似遭遇了风吹雪打的苍白面颊。我反反复复打量了好多遍,最后终于确认——正是她,那个在地铁车厢中遇见的女孩子!紧接着又感激起命运的仁慈来!

"欢迎光临!"那口气听来郑重却又惬意。

"你好!"我将再次相遇的欢喜统统倒入了简单的问候里。

说起来这算得上一间上了年头的小画馆——磨损严重的红木地面,凹下一大块儿的深蓝色绒面沙发,因层层涂补而变得凹凸不平的长条形茶几,还有一角书桌,和一张用来摆放小古董的高脚立柜。

"今天真是好天气!"这话好像是说给自己听的。她瞟了一眼窗外,又回手指指对面的墙壁,"想要哪种风格的画?你先看,如果有需要,我可以介绍给你!"

我沿着墙角线,走马观花般将三面墙转了一遍。又觉得对不住她的用心,便挑了低处几幅静下心来仔细品了品。这才转过身去,不好意思地说道:"谢谢你,我就是路过,进来随便看看而已。身上没多少钱,不准备买的!"同时摆了摆手,示意她不要白忙活。

女孩显然是被我的坦然逗乐了。她忍不住"咯咯"笑了几声,觉得失礼便又伸手掩了掩半张的唇角。

"对不起,我不是笑话你,只是……只是第一次听到如此直白的表达方式,有点控制不住自己的情绪!"说着,她又轻笑两声,"你知道,其实我也不喜欢掩饰的!"

我看着她,竟不知所措般愣在原地。

"你是……韩国人?"她试探道。

"不是,我从中国来的!"那天我把头发高高挽在头顶,再加上单眼皮和不怎么立体的五官,被误认了国籍也是正常的事情。

"中国!神秘又璀璨的国度啊!"她瞬间来了兴趣。"我只在画册和纪录片中看到过,可离得太远啦!可能我这辈子都没机会去呀!"

"你现在有时间吗?坐下来聊聊吧!"她请我留下。

"好啊!"我看了一眼手表,有机会认识新朋友总是好的。

"好啦!那我去煮咖啡,天光这么好,你帮忙把那个桌子搬到门口去!"说着,她用眼角撩了撩角落里的玻璃茶几。

"那……生意不管啦?"

"地方太偏僻,本来顾客就少。再说,坐在门口而已,就算有人来也不妨碍做事的!"丢下这句话,便转身走到那小门里去了。

我倒是没有多想,只愿意将这份毫无缘由的热切当做专为异国朋友奉献的善举。便照吩咐将茶几搬到店前的一小处空地上,又将门边的两把矮椅子挪挪近,最后才取下背包靠在脚边。等了五六分钟,那女孩儿便端着一个大托盘走了出来。她冲我眨眨眼,又弯下身将器皿挨个儿摆上桌——咖啡壶,配对儿的陶瓷杯,一方糖罐儿,还有摆着甜饼的玻璃器皿。

"现在——"她顿了顿,"为了庆祝我们的再次相遇!"一边着手按住壶盖往瓷杯里注咖啡。

再次相遇?瞬间,我端起杯子的手在半空中悬住了。

"不记得了?在地铁里!你当时直愣愣地望着我,害我始终不好意思抬头!"她说着又"咯咯"笑了起来。

"上帝！你一直埋着头，我以为你没觉察到呢！"我说着，话语中明显透露出受宠若惊般的巨大窃喜来！

"是从车窗玻璃看到的！"她小喂一口，又开口道："那天我很早就爬起来，搭电车去城郊的二手市场卖画。在寒风中站了几个小时才赚到一小笔，结果刚上地铁就发现钱包被人偷去啦！我当时太沮丧，瘫在椅子上甚至连呼吸的力气都没有啦！"她说着，又若无其事地拨开被风扫乱的刘海儿，"当时，我的确没怎么在意，只当它是陌生人之间因好奇生出的吸引。但谁曾想过，我们还能相遇！这么大的一座城市，你说这是巧合还是命中注定？"

我舀了一勺糖又重重点了点头，"都有吧，但究竟是什么，我也讲不清。"

接着，我们交换了与身份有关的全部信息。比如她叫丹妮莎，来自捷克与奥地利边界一座名为"CK"的小镇。她在布拉格高等艺术学院念油画，没课的时候就来这里打工卖画。

"老板人很好的，是个将近七十岁的老太太！就是工资太少啦，一个小时才六十克朗，基本不够用！"她说着，又起身将我的杯子添满。

"那就换工作啊，找一家薪水高的！"我说。

"我也想过，可就是舍不得这里。你看，环境好，又安静！离住处也不算太远。还有这周围的塔楼、教堂！没客人的时候我就坐在门前画画，虽然卖不到好价钱，但出手总能赚到一些的！"她说着，伸手拿披肩将整个背部裹裹严。

"摆在橱窗最中央的那幅作品也是你画的吗？"我突然想到那片明亮的红，顿时心生好奇。

"怎么，你也觉得它特别？"女孩打趣道。

我点点头。这份认同，确是发自内心的。

"那是我祖父画的！花田里的小女孩就是我呀！"丹妮莎喝了一口咖啡，"他画了好多关于我的作品，比如戴草帽的小女孩啊，还有赤着脚在浅水洼捉鲑鱼的。总之在他眼里，我永远都是个长不大的小孩子！"

"这么说来，你祖父也是位画家？"我上前追问。

"唉，喜好而已，没什么名气的！年轻时候在相邻的小镇帮教堂描摹壁画。现在他去世了，留下这幅《罂粟田》在橱窗里！我天天看着它，生怕哪天被别人买去了！"她叹了一口气，"毕竟是老人的一片心意！于是我努力赚钱，心想总有一天，要将它搬回家去！"

我们在阳光与咖啡的爱抚下贪婪聊着——从长城到卡尔斯腾堡，从雷诺阿到梵高。直到黄昏丹妮莎才肯放我离开，两个年龄相仿的女孩子，两片久游于孤城中的灵魂。还有那繁花般迟迟不愿倾尽的心事。

她锁上画铺的木门，又执意将我送至长街转角。"克里斯蒂！"她远远唤道，"下周六要记得起早！带你去郊区的旧货市场观光！"我在灯火交织处用力挥动手臂，算是默许。

头天傍晚，我便规规矩矩将闹铃上到了清晨六点，等忙完手头的事情躺上床，才发现眼皮无论如何都掩不上。不用说，必定是因为期盼心重过头了！我只好爬起身，舒舒服服洗了澡，又试了几套颜色亮丽的衣服，折腾好半天，才重新倒回床上。要知道，这些碎事本打算留到明早临行前才做的。

夜越深，内心的激动就越是巨浪滔天一般。我十分想念五彩斑斓的丹妮莎，更期待那一个个堆满回忆的旧货摊——弃置了数十年的硬牛皮包，款式复古的尖头靴，串在细绳上的银戒指，还有锈迹斑斑的烫花镜架……诸如此类的旧玩意儿，竟挨个儿钻入我的睡梦中去啦！

我按照约定乘地铁到达教堂门口的时候，丹妮莎已经靠在不远处的石雕旁等候了。天还没有全亮,稀薄的光影被矗立街旁的高脚灯分割开来,又硬生生摔碎在地上。

我们相隔老远就认出了对方,见四下没什么人,便无所顾忌地一面小跑一面朗声问候起来!

走近了才注意到她穿着一条新裙子,"快,原地转一圈看看!"我催促着,同时拽起那长长的边角。

那天早上,她穿了一件就快拖到地的浅蓝色厚筒裙,样式简单花色却很杂,胸口还叮叮当当缀着一小串流苏边,领口一直开到了肩下!

"好看吗?"她尽兴地转了好多圈才停下,"克里斯蒂快说!好看吗?"

"好看!像极了吉普赛女人,再配上一对儿大耳环,你就可以去天边流浪啦!"看她快乐的样子,我也高兴到不行!

"说得对啊!我就觉得少了点什么!一会儿去市场看看,运气好的话,应该寻得到呢!"我们不约而同望望对方,又"咯咯"笑了起来。

先乘地铁,又搭了二十多分钟的大巴车,最后步行五六分钟便来到了早市的大门口。十来米开外的地方停靠着一长溜儿带拖斗的汽车,有的上面还搭着防水篷布。

"那些车辆都是地铺主人的,他们从周五的晚上就陆续来排位置了。不讲固定摊位的,按顺序——谁早来谁就能抢到好位置!"丹妮莎热心地解释给我听。

我们分别往入口处的小铁箱中丢了20克朗硬币,作为入场券。场地要人管理,所以无论买不买货物,这些钱都是要付的。过了那段窄窄的铁门,眼前便开阔起来了!各式各样的简易铺面摊开在主道两边——堆叠起来的银质厨具,上了年头的铜版壁画,还有用来供奉在家中的圣人图和十字架……光是入口处的这几家,便足以令人眼花缭乱了。再抬起头来向更深里望,密密麻麻的摊位,一家挤着一家。

"这里实在太大了,就算逛到闭场也不一定能逛完吧!"我说着,又转身向四下里望。

"你跟着我走就好了!先顺着大道,再从路尽头转弯去另一侧!有一些摊位是可以略过的,比如那家——"她伸手向右前方指了指,"兜售一些快要过期的汽水和零食。"说着又侧过身子,"再比如那家,卖些劣质化妆品和假冒香水之类的。"丹妮莎一边说一边步伐娴熟地在前面开道。

人流量很大,相当一部分是起早凑热闹的游客和一些专门赶来淘便宜货的本地买家。又往里走了几步,竟发现繁乱深处还藏着几位穿黑袍的修女嬷嬷。个子最高的那位女士，怀抱着一副绘有耶稣的相框和两杆银色十字架。很显然，是不久前从门口的摊位上买来的。此时，她们正停在一处皮革铺前和店主讨还着价格。正前方的女士指了指地上的黑皮包，再指了指头顶的天空，就像是借助了信仰的力量。那位长胡子长者抿抿嘴又用力拍了一下手——决心一下，这笔买卖算是成交了。

我在丹妮莎的引领下继续向前走，一路经过的摊位都是相当有意思的——旧锅盖儿和黑锅底儿归为一家，生了霉味儿的毛绒玩具和残废的木偶归为一家，劣质香烟和走私来的外国酒水归为一家，还有二手皮包啊，跟儿被磨歪了的旧皮鞋啊，镀金镀银器具啊，五六十年代的相机手表啊……这些看似破烂的玩意儿，于我，是相当宝贝的。因为它们讲岁月，有灵魂。它们现身这里，却存留着苍然老去甚至已然被埋入历史了的种种回忆。

前一夜下过一场小雨，所以供行人往来的大道很是泥泞。我穿着原本就大了一号的旧皮靴在小洼沼之间拖来踏去，很快，鞋掌周围便结满了成块的淤泥。我指指靴子示意丹妮莎稍等，又错身拐入右手边的一条小径，那里有一处空置着的石坎。一看没什么人，我便将双脚轮番架在微微凸起的青石上用力磨蹭起来。

那个相貌平平的摊铺是何时出现的,我也闹不清。就仿佛仅仅一个转身,它便自动跳进了我百转千回的视线里。我先是远远地望,那些杂乱又夺目的色彩实在是让人动心,便退回道口找来丹妮莎一起过去。想来也有意思,绝大多数卖家都占住人潮络绎的大道两侧竭力招揽着生意,又有谁会选这么个疏离客流的清冷角落摆摊呢?

"应该是新来的,以前我倒是没怎么注意过。无论如何,过去看看!"丹妮莎拢拢我的胳膊,轻声催促道。

隐藏在那破烂帆布大棚下的,竟是一位上了年纪的老太太,她正蜷靠在烟雾弥漫的角落里抽一支味道相当浓烈的卷烟。

"看那装束,该是吉普赛人。"丹妮莎靠在我耳边说道。老人围着件格子图案的深红色厚长袍,印了污水渍的翻毛靴,粗布披肩从头顶一直裹至腰间。就像是算准了我们的到来,她从容地半睁了眼睛开口问候:"早上好,姑娘们!"那暗哑的嗓音缓慢而悠长,就好像是随颤抖的血液一齐淌出来的。

"您好!"我们答道。

"尽是些别人不要的旧玩意儿,随便看看好了!"她朝地上一指，又抹抹脸上的皱纹，转身去后面的随身小暖炉上沏茶。

地面上简单铺着块深蓝色绒布，杂七杂八的小玩意儿被分好类随意堆叠着——泛着亚光的老银饰，琥珀和陨石吊坠儿，镶了宝石的戒指，牛皮挎包，还有几双挂着流苏边的旧靴子。

我们埋着头，恨不得将整个身子都俯到那摊旧物上去。丹妮莎的样子快乐极了，她攥着几对儿贝壳和琉璃制作的耳环爱不释手般翻来覆去地看！

"既然喜欢就都买回去啊！好在价钱不高，再者说，这种老款式商店里不一定有的卖！"

由于心情好，这笔买卖进行得自然顺畅，没有争执也没有讨价还价。算了钱，五对儿耳环加一个宽手镯总共180克朗。丹妮莎将200克朗递上去，告诉老人零钱就不用找了。

这个吉普赛老太太很是感激，硬留我们喝热茶。可看看那只脏兮兮的小瓷杯，我们终是婉言谢绝了。

早市只持续到中午十二点，过了这时间就要清场。我帮丹妮莎将新耳环挂上，又在路边买了两只甜甜圈一边吃一边逛。

"怎么样克里斯蒂，喜欢这种地方吗？"她看着我，顺手点燃一支烟。"当然喜欢了,以前只在书里读到过,今天总算是亲临现场!"我重重点头。

"我也是。一个人感到孤独的时候,就喜欢来这种人杂热闹的地方!"她吸了一口。

"一个人?你是本国人,朋友不多吗?"我有些纳闷。

"也有同学或者画廊认识的顾客,但真正能聊上话的倒真没几个。"她微微吐气,遗憾地摊摊手掌。

"可是我看到的你,好像总是一副无忧无虑的样子!"我静静等待着预想中的答复。

她冲我笑笑,又俏皮地将烟圈吐向半空,"大部分快乐是绘画带给我的。再说,只要心情好,生活总不会那么艰难。我尽量不让自己在寂寞里挣扎,散散步啊,煮咖啡啊,短途郊游啊,总之变着法儿地享受一个人的好时光!"

"但一个人生活,多多少少是会孤独的……"我低下头。

"所以呢——"她摇了摇手,"实在难挨的时刻我就画画,再不行就抽烟。"那语调瞬间洒脱了。"你看,这几年下来画倒是出了不少,嗓子也要抽坏啦!克里斯蒂,你还不太了解我,其实我很神经的,如果心情极差甚至会歇斯底里呢!"说着,又无可奈何般"咯咯"笑起来。

我们又走了好长一段才决定离开。那时候,早市还没有散场。我查看手表,已经十点半了。丹妮莎要赶去画廊开张,我也和家人约好了时间在网上讲电话。我们按原路返回,最终在市区的地铁口告别。

临走的时候,丹妮莎问了我一个问题——她的情绪是那样阴晴不定,会不会因此影响到我们的友谊?

"怎么会呢?"我轻轻拥着她的肩,"茫茫人海中,好不容易遇到了另一个自己!上帝知道,这是一件多么值得庆幸的事情!"

克鲁姆洛夫的猫

再回来捷克克鲁姆洛夫,已经是转年的初春。这是一座位于波西米亚南部的边境小镇,再往前行两个来小时便能到达奥地利的林兹。当然,林兹我是从来没有去过的。因为时间和旅资问题,每每走到这里也就打住了。

这段一天内往返的短途旅行是在凌晨时分才决定的。没有经过周全考虑,想法一出便即刻跳下床来查看发车时间,又很干脆地将闹钟拨早两个小时,凭空期待了一会儿也就安然睡下了。

虽然火车能早到一些,但我还是选择了单程就要行驶三个多小时的公共大巴。沿途星罗棋布般的村镇,晨霜打过的莽原,一帧帧跃于窗上的景野,以及且行且赏的惬意……这些统统都被归作原因。再者说,一个人的行走,若急于到达目的地，途中的乐趣多多少少是会被忽略掉的。

为了挑到后排靠窗的好位置，我一大早就跑去售票处排队。等到了那儿才发现围在窗口的人比我想象中要少很多，可能由于气候过于阴寒，又正值旅游淡季的缘故。站在一旁的有拎着大包小包赶着回乡下的本地人，也有拉着行李箱前去观光的游客。区分他们的方法很简单——凭眼神。与那些倦怠而烦腻的目光不同，就算从头到脚挂满了风尘，行者们的瞳眸中仍旧熠熠闪烁着好奇、渴望、狂欢与探索。

队伍缩短得越来越快，也就是五六分钟的光景便轮到了我，"早安女士！"我掏出钱包，同时对那个满眼疲惫的售票员打起招呼。

"早安！"她的声音虽然暗哑但也伴随着职业性的干脆，"您要去哪里？"

"捷克克鲁姆洛夫！"我答道，同时伸手指了指钉在墙上的那张褪了颜色的老城堡风景照。

"一张还是两张？"她怕我听不懂便又凭空比了比，同时朝我身后草草瞟了一圈。

"一张！"我说着又翻出学生证来给她看，"还想当天往返，下午四点十分那班。"害怕当场弄不清楚误了点儿，所以提前便核对好了时间。

"一般来说,那个时间的乘客不多,你上车再买票就好了,这样更保险也可能会便宜一些!"她好心提醒着,又扭过头来温柔盯着我,以待答复。

考虑到价格,我确实犹豫了一下。可又担心太晚挑不到理想的位置,只好婉言回绝:"谢谢您,不过提前买好票我才会玩儿得安心点儿!"又转手数了一摞硬币小心翼翼推进玻璃窗里去。那女士道了声"再见",同时笑盈盈地将票递出窗口。我这才得空望了一眼墙上的挂钟,离发车还有二十多分钟。于是买了咖啡与甜甜圈,坐等在能看到站台的逼仄里……

我是被一只全然陌生的手臂轻轻摇醒的,还没来得及舒展身体,便又撞上了一双饱含善意的眼睛,"这是终点站,女士!"她说着,便扭头望了一眼不远处的站牌,用目光指给我看,"捷克克鲁姆洛夫!您看,该下车了!"又顺势打出一个"请"的手势。站在我面前的是一对四十来岁的亚裔夫妇,看那考究的着装打扮与谦和有礼的谈吐便也不难判别——是日本人。

我谢过他们,便跟随一行稀稀落落的人影走下车,低头看表,指针已经越过了中午十二点三十分。站在小土丘上环视四周，这才发觉一切有幸被收入眼底的景致都没有预想中那般美好。看不到烂漫的山花，高地上的椴树也冬眠般懒得抽出新芽。空气是锋岩料峭的土灰色，大块儿阴霾的天空摇摇欲坠般裸露出来，还有浮在野草上层的肮脏雪渍以及随手丢弃在道路中央的泥沼水洼。如此看来，心生遗憾也算是有情可原，这荒蛮而深重的布景很容易令人感到压抑。

一趟到访的游客数来数去也没几个，再加上互不相识，经过几番匆忙道别也就彻底分散开了。我独自一人从通往居民区的小径绕至山腹，下个大坡再过条马路，没花多大力气便来到了老城区的入口。这是一条相对隐秘的道路，虽然可以自由通行，但害怕惊扰到住民的正常生活，对于游客群也就默然止声了。

山顶上的城堡是一定要赶去探访的，在架空的廊桥上吹风，而后绕着开放式大花园随心走上两圈，扒在石凿的望风口细数眼下血液般流动的人流，闲来得趣也能在木制的红漆长椅上坐坐。就好比信徒们光临教堂，于我——逛城堡也算得上一个万般虔诚的习惯。

可是今天不一样，刚行至山脚下还没开始爬坡，便看到一大群人拥在入口处一颗枝丫光秃的粗干树旁百无聊赖般等待着。我不知道发生了什么,便也随之在树下靠了好一会儿。那时候,已经有人不耐烦地小声议论开了。挨我最近的,是一个留着火红色短卷发的男孩子。嘈杂之中,只有他一个人安安静静地坐着,手里捧着一本页面泛黄且卷了四角的旧书。

"不好意思!"我向前凑了凑,试图引起他的注意。觉得唐突而无礼,便又向回缩了缩身子。

"你好!"他惊了一下,语调却很和气,"请问有什么能够帮你吗?"

"哦……我本来想去城堡的,可看大门关着,你们又都停在这里不前进。是不是发生了什么事情?"他个儿头很高,我只好用力将脑袋仰起。

"我们也刚到没多久,学校组团旅游!从乌克兰来的。可是不凑巧,管理员说城堡在进行壁面维修,不知道什么时候能完工,暂时不给参观!"他望了一眼那近在咫尺的灰色塔顶,一脸失落的样子。

"维修?那起码要花上一个周,就算现在修好了,还是会推到明日开放的!"我看着他们,觉得好奇怪,"死守在这里是浪费时间哪!先去别处参观不好吗?"

那男孩子的想法倒也固执,"我们是学生,好不容易来一趟的。如果不参观城堡就太可惜了！所以想要和管理员协商，看能不能宽宽手放我们进去一小会儿。"

真羡慕这份强大的执著与冲动，也从心底里祈祷他们年轻的愿望不会落空："好好说应该问题不大的，这里的人都很好心！"

"嗯……但愿吧！"男孩长舒了一口气，又冲我耸耸肩。

"那，祝你们好运气！"说完便摆摆手按原路往回走。

因为混合了泥浆与雪水，原本就很坚滑的青石路面变得更加难以落脚。我始终弓着身子探路，不知不觉间又拐到了这条安静小巷的入口。这是一条立着私人诊所与橙黄色独立小楼的死胡同，孤零零躲在大片夺目而优雅的景色背后，所以真正注意到它的人也并不是太多。很显然，这道宽阔的石径已然被整座小镇流于表面的繁闹忽视掉了。因为过于衰寥的缘故，每每止步于此，一束巨大的"拥有感"便会将我紧紧拢住。人烟浅至之时，整座街面都只是属于我一个人的！特别是等到淅淅沥沥的雨洒过后，清明的倒影，氤氲的水汽，以及满地碎落开来的嫣红花瓣……无论如何，这份不为人所知的随心所欲确是引人万般迷恋的。

然而，就连我自己也不曾料想过——对于这条小巷最初的热爱，竟是由于一只黑色尾巴的短毛猫咪！

这句话中的"最初"，是指半年多以前的炎夏。我还清晰地记得那个焦灼的午后，那结着蛛网却碎了大片玻璃的矮窗台，以及一只披着黑白背纹且避身于花枝阴影下的小生灵。事情发生的时候，它正斜撑起身子，半搭着尾巴，带着满面不可一世的高傲神情冷静卧在大片近乎荒诞的燥郁之中。

我慢慢向花坛边挪移，又尽量将脚步放轻。那只猫咪却始终保持一动不动的悠然姿势待在原地，时而迎着泯灭的天光冲我眨眨眯作一条线的琥珀色大眼睛，那副漫不经心的慵懒模样，好似很愿意享受陌生人小心翼翼的亲近。

"嘿，猫咪！"我看四下无人便装模作样般用捷克语简单问候了一声，接着便弯下腰观察动静，见它娇嗔地望着我算是领会了这份善意，便又抬手去抚摸那柔软的脊背和毛茸茸的耳朵。猫咪很舒服地"喵"了几声，摆出落落大方的样子也丝毫不加反抗。我干脆倚墙蹲下身来，细细梳理起它亮洁的毛发。说来有趣，它不但不避开，反而一面哼哼一面将整个儿身子顺势贴近我的手臂。一看时间还很充裕，咖啡馆也不那么急着去，便又贪乐地与它逗了一会儿。突然想到包里装着吃剩下的水果软糖，又随意倒出来几块儿搁在掌上。

猫咪并没有立刻上前，反而机警地退后两步，接着像游水的小鸭子那样缩紧四肢往水泥台上俯身一卧。

"过来——我不会伤害你——快过来猫咪！"我柔声唤着。又等了一会儿，见我还没缩回手去，它这才凑上前来，伸出舌头轻轻舔舐起我的掌心。

"女士——"突然，一个异常细弱的嗓音打身后冒了出来。我被吓了一跳，立刻攥回手掌，同时挺直了身子原地找寻起声音的来源。略略望了一圈，却一个鬼影都没发现。再低下头来看那只黑尾巴猫咪，它已经消失不见了。

我又沿着余光将四周绕了个遍，依然不清楚那声音来自何方。毕竟是一座只到访过一两次的陌生城市，虚虚实实的恐惧感接踵而来。我理了裤脚又挎上皮包迈步准备离开，那稚嫩的声音却将我在半道拦下了，"女士——在这边！"我退回来两步，在花坛边停住。仰头向上看，二楼和三楼的窗户却都是紧紧闭上的。

"左边——您向下看！"我立即低下头按照提示去找。这才发现，那个幼小的身影就躲在左侧花坛的一丛矮灌木后面。

我又靠近了一些，与她面对面站着，之间隔了一排用来防盗的铁栏杆。那是整栋小楼的底层，应该用作地下室或杂物间，我注意到了檐角久久未被清理的蛛网，以及窗台上铺了厚灰尘的玻璃碎片。

外界的阳光过于繁盛，我只好闭了一下眼睛，再用力朝荫爽的暗室里望——扶在窗沿边的是一个满头金卷儿的小女孩，打眼看去也就七八岁的样子。她的皮肤莹透而白皙，眼睛同湖水一样碧绿，上身套着一件印了花朵图案的短袖衬衣。身后的大块空间都被杂物占着——生壁炉用的木柴、纸箱子、旧家具，还有一辆生了锈的老式自行车。这些是我所能够描述的一切，因为剩余那部分被高高的墙壁遮去了。

"嘿——你好啊！"我冲她挥了挥手。她顾不上说话，只是用力抵着身子，试图将脑袋搭到窗棂上。然而从这个角度看，台面并不是特别高，按理说她应该轻易便能够到。想着想着也就伸手去拉她，这时候才勉强注意到墙后的那部分——她没有双腿，整个身子结结实实蹲在一部轮椅上。而那只黑色尾巴的猫咪，在半米开外的阴影中侧卧着。

直至调整到相对舒适的坐姿，女孩儿才杵着身子缓缓开口，"女士，猫咪吃糖果的话，牙齿是会坏掉的。您知道吗？"她的声音清灵而天真，可那一本正经的口吻却透露出超龄的成熟来！

"是吗？我以为小朋友可以吃的东西，猫咪也都能吃呢！"我掏出一粒糖果递给她，跟着自己也剥了一颗。

她接过糖果，立刻很礼貌地与我道谢："您是来旅行的？是日本人吗？"

"我从中国来的，不过离你说的日本不远！对了，你一个人在这里做什么？"我问。

"家里没人，我从这里向外看，也等着过路的人停下来和我说话。"她忽闪着眼睛，一脸期待的样子，"我是艾娃，猫咪叫艾琳——好听吗？这名字是我起的！"说着又不好意思地绞弄起长发来。

"真好听！"我用力点点头。而此时，猫咪已经闻香攀上窗台来拨弄糖纸了。女孩立刻将糖纸攥在手心，又摸了摸猫咪的脑袋。

"女士，我得去屋里拿零食给艾琳。看样子它有点饿了，您等我一下。"说着便转了轮椅就要走。

"艾娃——"我犹犹豫豫地叫住她，"外面的阳光很好，等一下要出来坐一会儿吗？你老待在暗处会生病的！"

"妈妈说自己出去不安全，因为必须留我一个人在家，只好将大门从外面锁上！"她撇了撇嘴，又撂下一串几近干涸的笑音。"当然，对此我很习惯！"这话听来倒也欢快，可字里行间铺展开一重重与年岁不符的无可奈何来。

看着那消失在门里的稚拙背影，胸中突然涌上一股难以言说的哀伤。我查看了手表，下午三点半。返程的车票是一早定好的，距离发车还有四十分钟。咖啡馆满世界都是，相比之下如此平凡却又曼妙的灵魂则显得异常珍贵。

艾娃回来的时候，不仅提着装猫食的胶袋，还在轮椅上架了一只塑料盘，里面摆着好几种类型的甜点和两杯冰水。她好心地将杯子递给我的时候，水已经洒掉一半儿了。

"真不好意思，刚刚艾琳突然间跳上来了！"她冲我吐了吐舌头，又抓了一块儿动物图样的饼干递过来——"快吃吧，我看妈妈平时就是这样招待客人的！"说着又缩了缩脑袋。

我们边吃边聊，开心到不行。大多时间是我在讲，她聆听。讲不清的时候，她便会扒着我问来问去。我与她说起自己的故乡，说起世界另一头的云朵与山地。也不知道究竟能听懂多少，总之她始终瞪大着眼睛，一副对自由与未知极度向往的神情。后来女孩儿又拿来地图册要我画给她看，"女士，我从出生就被困在这座镇上，哪里都没有去过，可是我哪里都想去！"她合上书本，清了清嗓子，又欢天喜地般唱起刚学来的歌曲给我听。

又闹了一会儿，我才抬起胳膊看表。艾娃立刻停住手中的所有动作很认真地望着我，"女士，您要走？"一个简单的眼神，包含的情感却太多：留恋、不舍、疑惑以及深深的失落。本来是要走的，可听她这么问却一下子犹豫起来了。事实上，我也享受这般至纯至善的交流。仿佛短短一个多钟头，久覆于心灵上的尘埃污渍统统被净化了！

"还有时间，不急着走。"我记得五点二十左右还有一趟车，虽然会绕远路，但也不会耽搁太久。

"不走？"她反倒惊讶了。"怎么了？"我不解地问回去。

"看时间就意味着离开啊！之前和我聊天的那些人都是这么做的！"艾娃说着便用下巴触了触我的手，"等一下，我再去倒杯水，外面好热！"说着便敞开怀将猫咪放下。我明白这份喜出望外，经历过窗下长久的圈禁与忽视，突如其来的给予总能令人开怀！事已至此，我看了看那纸崭新的票根，只好将它揉作一团塞到背包角落里，突然后悔起自己始料未及的决定。

我们接下去聊了很多，全都是关于"远方"与"旅行"。只要在心底保留一份纯良,和小孩子谈天说地还是很容易的。离开之前我没有做出"下次再见"的承诺,因为我自己也不知道什么时候会重返克鲁姆洛夫。只是告诉她,如果有幸再次遇见,无论在哪里都会继续给她讲述地球那一面的中国……

就在半年之隔的午后,在命运的导演之下,我又一次站到了这条巷子的入口。再往前跨十几步,便是那栋橙黄色的小楼。本来对女孩与猫的思念没有几分的,可是走到这里灵魂深处的飓风突然推着我,步伐也就停不住了。

于是我追随心意走上前去,靠近了才发现——门扉紧闭,灌木丛轻掩住的破碎窗角已经换上了整面崭新的玻璃。我走到屋檐底下,犹犹豫豫便停下来了。这般物是人非的光景令我有些担忧,想要抬手按铃,却又害怕这行为会被他人认作过于冒失的举动。

在那扇木门前来来回回徘徊了好久,就连墙角洁净的残雪也被踏稀烂了,这才点了烟在远一些的石阶上坐着。来往的行人数来数去也没几个,除了几个捉迷藏的男孩子就属出入诊所好几次的跛脚老人。很显然,他们始终没有注意到阴影中的我。心里是极度渴望发生些什么的,也暗暗跟自己说,只要那扇门开启，无论出现的是谁，都要勇敢地迎上去。

感谢上帝，这一切还真的就在我满心期盼中发生了——一个三十多岁的女人提着只黑色胶袋步履雍容地走了出来。她穿一身单薄的浅色家居服，金黄色长发整洁地束在脑后。在那未饰丁点儿粉脂的清丽面颊之上，时间的略过竟显得这般从容不迫。我赶紧在石板上摁灭烟头，又随手将它丢入一旁的垃圾桶。

那女人一直走到胡同尽头，抬手将垃圾袋丢入黑色塑胶箱中才又原路返回来。我跟在身后行了一小段路，见她丝毫无所察觉，干脆停下来喊了一声："女士——"

她先是原地一愣，紧接着朝四周望了望，这才如梦初醒般紧忙转过身，"您在叫我？"又拨了拨额前被风撩乱了的碎发，"有什么事吗？"她的眼睛异常明亮，说起话来流光闪烁的样子。

"女士，我看您从那个门里出来——"说着便指了指视线顶端的橙黄色小楼。我想了一下，觉得这么说更像是在窥探别人的隐私，只好重新起头，"我是学生，从布拉格来的。上个夏天来的时候在楼下看到一只黑色的猫咪……"我尽量解释清楚自己的行径，也好让对方明白我只是想上前打听，并不存在任何恶意。站在原地,寒潮如浪水般从领口侵入身体。女士看我一两句也说不清,便半抱起手臂还缩了缩身子,"在这儿站着太冷了,不然你来屋里坐一会儿吧!"我简单客套了一番,也就跟着进去了。

屋子很大,装修也明显超出了一般家庭的考究。门廊深而宽阔,淡紫色墙壁上挂着几幅镶着金框的古典油画。一楼是会客厅连带一角开放式小酒吧。女人安顿我在沙发上坐好,"想喝咖啡还是红茶?"她扭过头来冲我笑。

"不用不用,您别忙了!"说着手臂夸张地凭空乱抹一通。

"那就喝咖啡!出门前就已经放在炉子上了!"说罢,便身影利落地消失在走廊拐角了。

这位女士再出现的时候,手里端着一个绘制着木纹的塑料托盘。远远看去,和坐在轮椅上的小艾娃一模一样。

"我不是经常在家的,公司很忙。好不容易有两天休息时间。"她将器皿逐个儿摆上桌,"你能说捷克语吗?"接着一面斟咖啡一面侧过脸来问我。

"太专业的术语知道的不多,但普通交流倒没什么问题。"我说着便端起杯子抿了一口。

"这就足够了!"女士微微点头,又倾身往沙发边缘挪了挪。"对了,您刚才想要打听什么?"她并了并双腿好心地望着我,那眼神实在温柔极了。

我这才如释重负般将自己的来意讲述明了,提及了去年夏天的明媚午后,被困在轮椅上的小女孩,以及那只名叫"艾琳"的黑色短毛猫。

"您是指我的女儿艾玛?"女人的表情中并没有我预想的那份惊讶,"我好几次都看见过她和来自天涯海角的陌生人讲话,但是再一次找来的,您还是第一个。"

"原谅我女士,我本不打算上门打扰的,可是恰好路过这巷口……"我没有再说下去,解释过头便也多余。

"您误会了——"她递过来一块甜饼,继续道:"我们素不相识,其他人应该不会像您这般善意。"说着又举了举手中的杯子,"谢谢您!"

"不用谢我。我们约好的,如果再次遇到还要陪她讲故事——当然,是关于我的祖国。"我笑了笑。

"祖国?对了,忘记问——您从哪里来?"她立了立身子,饶有兴趣地望着我。

"中国!"我说。

"怪不得!有一天艾玛突然要我给她买亚洲的图册,还莫名其妙地请求我开车带她去中国旅行——开汽车！我的上帝！当时我还在想，这孩子的想象力可真丰富！"这个美丽的女人捂住嘴，仰天笑了起来。

我也跟着"呵呵"了两声，才又开口道："我总觉得艾娃特别孤独，超出年龄之外的孤独。"那女士瞬间安静了下来，眼角浮出一丝暗暗的忧伤。见她低着头不说话，便又得寸进尺般加上一句："就像是囚禁在华丽笼子中的小鸟，没有知心的朋友，甚至连真正属于自己的童年也被隔离去了。"说着说着就又想到那个掩藏在灿烂背后的小小身影，一段短暂的陪伴就能令她欢喜大半天，可陪伴过后更为持久的忽略却令人感到无比心疼。

"这是一个问题，她的腿脚不方便，没有办法像其他小朋友那样自由！"她将杯子添满，"可是我们的工作真的很多，你知道，只有拼命赚钱才会有高质量的生活。一直以为给予她物质上的需求也就够了……"生活中太多问题是经不起论述的，再往前走便是一条死路。话已至此，我们只好以浓重的沉默遮掩起各自内心深处滔天巨浪般的起伏来。

"那……艾娃在吗？"咖啡喝了好一会儿我才重新开口提正事。

"不凑巧,送她去乡下的外祖母家了,还有那只猫咪。你知道——"又低头往杯子里加了块砂糖,"田野里的空气更新鲜,我们还有一座中型农场和几亩玉米地方便她活动。事实上——"她顿了顿:"所有的父母都希望孩子能够健康而快乐地成长!"

起身离开的时候,已经是下午三点半了。在此之前,我们又喝了两道咖啡,拣来些开心的话题聊了聊。艾娃的母亲将我送出门,又亲切地拥了我的肩。"年轻的女士——"她说:"下次来之前先发邮件或打电话,艾娃知道有朋友拜访,一定会很开心的!"说着,将一张设计精致的名片递到我手上。

出了门,我在那丛湿漉漉的矮灌木前站了一会儿,这才拖着细细碎碎的遗憾朝着人声喧闹的方向走。主街上的确很热闹——大声嬉笑奔跑的孩子们,面包店前排着长龙的镇民,以及挡在蔷薇旅馆门前的几团正在卸行李的亚洲游客……

我站在一小包高高的荒草堆上,看一辆辆班车从大抹灰色的空旷中缓缓驶过。心绪刹那间坠入尘埃——原来就在这个看似繁盛的世界背后,还有那么多寂寞而孤苦的灵魂黯然神伤般守在被遗忘的枯井中静默地,静默地等待着……

梦旅人

幸亏我去了一趟位于查理桥头的捷克储蓄银行，又幸亏我没有绕道列侬墙而是直接从教堂正对的大街穿过去。否则，不但不会遇到那个站在街旁弹吉他的男孩子，还会错过一场自以为卑微却很是丰盛的演出。

"我叫Sunguk，来自韩国，独自环游世界的同时进行音乐创作。"当然，这些是在后续的谈话中，他亲口告诉我的。

是上个星期六，城市间的气温以回光返照之势从负数直升到零上十五六度。我午后便出了门，本来只打算去市中心的储蓄总行存钱的，可一望见这般难得的好天气，便将储蓄的事情统统抛到脑后了。一出地铁，我便挑着光照强烈的路段走，绕着中心大道的花坛逛了很久都觉得不够。便又买了咖啡，沿伏尔塔瓦河畔从下游的人造小岛散步到上游。三月的布拉格，虽说春寒料峭,但如此天光明媚的日子是不可多得的。我执意卸下久积于心的烦恹与琐碎常务,兜兜转转,就连脚步也趁机轻盈了许多。

行至查理桥右岸的时候,已经是下午五点钟了。我翻出钱包买水喝,这才想到重要的事情被贪图春光给耽搁掉了。好在大桥另一头有一家分行,去那儿办理也是一样的。这笔数目极小的费用,本不用着急提前入库。但考虑到此径也算是一种节约开支的方式,便拿定主意去做了。

脚下是尚未完全开化的川流,虽说余阳斜照,但早晚的温差丝毫没有缩减,一阵风过仍能感觉到刺如冰锥般的寒冷。正逢开春,桥上的人潮也如丰沛的河水般汹汹涨起。我跻身于纷乱的步影之间,看一束束陌生的体香在头顶的气流中相互碰撞、拥抱或闪躲。

擦着彼此身影一掠而过的时候,我们谁都没有刻意逗留,而这场预料之外的相逢,差一点就被命运没收掉了。多亏我接受余光的引领又重新倒回来了几步。

那个看起来二十多岁的男孩子正在几米开外的凛冽中站立着,被呼啸而来的河风吹斜了身子。他的腰间挎着把样式普通的吉他,还有身后不远处的一只中型音箱,用黑色电线一并连接着。脚前方的石板上躺着一只破损的深棕色琴盒，里面随手撒着十几枚硬币，一副空寥寥的悲情模样。如此算来，这便是他随身带着的全部家当了。我的确羡慕这般随性的生活方式，便又兴致勃勃地打量起小段旋律的主人。男孩的着装简单而齐整——灰色暗格鸭舌帽，深蓝色短款羽绒服，深色牛仔裤和一双附着了浅色污渍的旧球鞋。和另一些流落街头的艺人有所不同，在那张善良又真挚的脸上竟寻不到一丝一毫刻意伪装来的流离失所。他半眯着眼睛，轻抿的嘴角随风的节奏微微扬起。看那十二万分专注的神情便能知道，他十分享受人前的演奏，并由此获得了巨大的满足与快乐。

除了一对年轻的亚裔夫妇，前来围观的人并不多。于是我驻下足来侧耳聆听，全当捧场，我知道，他很需要一位在寒风中屹立不动的观众。要说充满异国风情的音乐引人入胜，不如说是他的黑头发黄皮肤打动了我。在布拉格待了这么久，他是我遇到的第一位愿意街头演奏的亚洲人！

我想听听他的弹奏，更想上前问问他来自哪里，为什么在这里弹琴？可看他闭着眼睛拨撩琴弦的陶醉模样，便也不好意思打断。于是安静地站在一旁抽烟，耐心等待着整首曲子的完成。

可能意识到有人观看，原本简单的旋律被重复了好几遍才肯收住。弦音全然落定的时刻，我才将一枚面值十克朗的硬币投入脚边的琴箱，又合起双手鼓鼓掌。男孩一面道谢一面抬起头来寻找施主。目光交错的一刹那，他的眼神愣住了。同时下意识般抬手指着我，"咦？你是……亚洲人？"他操着口音很重的英文问道。

"是啊，我来自中国！你呢？"说着，在后面的垃圾桶边将烟头捻灭。

"哦，我是韩国的。"男孩将吉他卸下来立在脚边，又顺便按掉音响。看样子，他已然抢先一步做好聊天的准备了。

"你来这里学音乐吗？我第一次在大街上看到黄种人演奏，好新鲜的！"我又上前几步追问着。

"上学？不是！我是来旅行的！就是绕世界，自由行走。"说着，他摸摸头又伸出双手摆出绕圈的动作，"就像这样，你能明白吗？"他的英语不算好，能使用的词汇也不多。可我们都是亚洲人，对事物的描述方式还是比较相似的。加上他的手部动作，这样一来便也不难懂了。

"环游世界？"我吃惊地重复了一遍，接着问道，"只身一人吗？"

"是的。"他说,"没有特别详细地计划天数与行程,走到哪里算哪里,实在走不下去了就买张机票回韩国!"那份吃惊并不是空穴来风,对于我而言,独自环游世界这种事情堪比痴人说梦。以前也在一些报刊杂志上读到过,总抱着不以为然的态度。现如今实实在在地于眼前发生,反倒不敢去相信了。

真是个极有勇气的男孩子,我又燃了一根香烟,拉他一起去身后不远处的神像下避风。

"你也是来旅行的吗?"他开口问我。

"不是,我在这里上学!你看——"我伸出手臂,在晚霞的余晖中胡乱一抹,"就是河对面那个灰色的建筑!"

他轻应一声,又会意般点点头。

看他不再搭话,我只好主动开口:"你是第一次来布拉格吗?准备在这里待多久?"

"前年夏天已经来过一次,和澳大利亚的朋友。韩国人都喜欢这儿,说是座极浪漫的城市。今年再来,就将它定做环球旅行的起点。"他搓搓手,继续道:"我还没想好待多久,我需要挣接下来的路费。如果赚得多,就待两三个月。赚得少,就一个星期左右。"

"街头弹吉他赚来的钱够用吗?你要环绕世界,这点钱恐怕连交通费都不够！"我说着便指指他的空琴箱。

就像是隐藏很久的小秘密被揭穿了似的，他冲我呵呵笑着，"我之前在首尔的一家乐器行工作，一边作曲一边教别人弹奏。要说积蓄，还是有的，可如果只花不挣，怎么算都不够用。我们家也不富裕，出来前还问父母借了一小笔，以备不时之需。可这钱总是要还上的……"他的语速很慢，基本没有句法，单词也是零零碎碎单独蹦出来的。可有意思的是，这些外在因素丝毫不妨碍我们发自心灵的沟通。就好像逃离了国界的约束，只要用心交流，言辞规整与否便不那么重要了。

"对了，我叫Sunguk。"说着，他友好地伸出右手。

休息了好一会儿，男孩重新背起吉他说要开工。当然不能妨碍人家做事，我便站在一旁不作声，随音乐想象起他的旅程来。说来也奇怪，之前本没什么人围观的，最多是一些走马观花般的好心路人顺手投币进去却丝毫不肯驻足。可自从第二段音乐欢快奏起，自从我毅然决然般顿立在原地，围观的人群越来越密集。有人投币，有人拍照，男孩当然也无法安心演奏了，他止不住地道谢，一边用笑脸应酬那些前来合照的年轻人。

他一首又一首地弹奏着，有欧洲爵士乐，也有韩国的民间小调。看着那堆了一圈又一圈的人头和琴箱中逐渐增多的硬币,我也跟着开心起来。于是整整钱包又穿过人群,去桥下的甜品店买热巧克力。那个店员一眼就认出了我,她一边在纸杯上记下我的名字,一边说着:"你和桥头那个亚洲男孩儿是一起的吗?能弹出那么好听的音乐,真羡慕他呢!"

"我们是不久前才认识的,他不仅吉他弹得好,还正在周游世界!这一点,我也很羡慕!"我接过杯子。

"周游世界?上帝,这件事对我而言就是在做梦!像我这样缺乏勇气的人,只靠守着这间小店度过余生了!"她说完,便自嘲般哈哈大笑起来。

我谢过她,重新走回桥上。这时候,人群差不多已经散尽了。Sunguk正坐在琴箱前面,将挣来的硬币分面值整理成几摞,又细细计算起数目。我绕到他背后站了好一会儿,看他没有察觉,这才用手肘戳戳他的肩。

他猛地抬起头,将整个身子向后仰,"嘿!我以为你已经走了!"

"怎么会呢?还没和你聊够呢!"说着,将左手的一杯巧克力递给他,"糖包在这个衣兜里,你自己掏一下!"又侧过身子。

"你已经给过我钱了,这个……实在是不好意思要。"他摇摇手就要与我客气。

"不要推来阻去的,无论如何都是我的一番心意!再说天气这么冷,你在这里弹琴怎么讲都不容易!如果可以,那你坐下来给我说说你的旅行。"说着便硬将纸杯塞到了他手上。

"那你等一下。"他转身把吉他放进琴箱,又将音响放回到手拉包里。这才和我一道,找了附近一处挡风的墙角坐下。河风、人影、热巧克力,有这些作为铺垫,他所讲述的经历必然会精彩到不行!

"这不是我的第一次旅行,前年游历了亚洲和东欧部分地区,包括布拉格。当然,由于费用问题,在澳洲工作了四个月才继续往下走。去年到过南非、摩洛哥和南美的几个国家。我看见过人间最美丽的风景,同样到过地球上生命最为疾苦的角落。"他举了举杯子,"可是你知道,所有的父母都不希望看着自己的孩子无所事事般满世界晃荡,梦想在他们眼中永远没有安稳的生活重要!最后我只好回韩国休整,同时在乐器行找了份像样的工作。你看,现在我用的吉他和音响都是这家乐器行提供的。老板说了,如果旅行能够让我写出更好的音乐,他愿意支持我。"说着,他拿出一张名片递给我,"上面有我的电话和网页地址,有空去看看吧,说不定你也会欣赏我的音乐和经历!"

又聊了一会儿,关于音乐、亚欧文化差异以及对远行的看法。我从未到过韩国,便又愉快地追问起一大套饮食起居类的民俗来。待河两岸的华灯四起,才舍得道别回家去。可Sunguk说他还想多留一会儿,"我试着在看不清行人的夜雾中弹琴,也算作旅途中一番特别的经历!"我不知道他会何时动身前往下一座城市,就像他不知道还会不会再次与我相遇。这样也好,缘分这种东西,如若硬生生说穿反而不那么美妙了。

那天晚上我躺在床上翻来覆去地睡不着,满脑子都是Sunguk和他的环球大计划。这份突如其来的鼓舞是如此锋利,就好像闪电,瞬间便割伤了我沉睡般死寂的灵魂。此时,重见天日的梦想堪比浓稠的血水,迅涌如注,疼痛却也清冽。而我——竟心甘情愿般匍匐于这份巨大的执著之下,叩拜不起亦或俯首称臣。

这次可遇而不可求的相识一定是上帝给予我的,以此拯救生命中因屡遭挫败而迟迟不敢继续的祈望。我绝不违背自己的意愿,我要再次上桥,无论他有没有离开,那份感动一定还在原地等着。

前一天夜里没睡好，早上醒来发觉脑袋昏昏沉沉的。我泡了咖啡便坐在桌前写文学报告，虽说效率不高但总归是认认真真完成了。Sunguk的时间安排我显然无从打听，只好等到下午四点来钟才出门去。天色渐渐阴沉下来，心里的不安也随着凹凸不平的青石路面颠簸开。我无法确定他今天会不会来，也许换了地点，或者考虑赚钱太少，已经辗转到下一个城市了……我就这么凭空猜测着，看人群暗涌如潮水般。

　　我不敢急于见到他，好像越是着急他就越会凭空消失一样。我绕过列侬墙，又有意从桥尾折回来。没走几步，那阵温柔的吉他声竟如约般飘至耳畔。

　　相同的地点，相同的时间，相同的街景。Sunguk站在猎猎寒风中，正前方围着一小撮游人。我在不远处的神像下靠了一会儿，等到人群散尽才缓缓走进他的视线。他立刻注意到了我，便草草结束了旋律前来问候。

　　"嘿！你——"说着便挥挥手，"真没想到，我们又见面了！"

　　"是啊，我刚好办事路过。"我指了指后方，笑嘻嘻地回应着。

　　"对了，你叫什么名字？不好意思，我忘记了。"他夸张地拍了一下头。

"克里斯蒂!不是你忘了,是我昨天没有说!"我吐了吐舌头。

"哦——克里斯蒂。"他窘迫地笑了笑,"事情办完了?"

"完了!就在附近,办完刚好来散步!你,今天赚得多吗?"我反问。

"你看——"男孩指了指脚边的琴箱,又遗憾地摊了摊手,"就这些,还是中午赚到的。可能天气太冷了,路人本来就没有昨天多!"他干脆将吉他卸下来立在脚边,"再说,我也没怎么好好弹,越站越冷,手指冻僵了!"接着俯身按掉了音响的开关。

"既然赚的不多,有没有想着提前离开呢?试着乘大巴车去维也纳或者德国!"我说。

"哎呀,我是在旅行,赚钱不是最重要的!再说,这里的许多景点还没走到呢!"他缩了缩手,语气友好而快乐!

"喜欢布拉格吗?"我问。

"喜欢啊,不然不会来第二次。上回来是夏天,这回专挑冬天启程。特别是查理桥,这种氛围我也不知道该怎么形容。

可能是因为到处都坐落着老建筑的缘故,每当我背着吉他在小巷间行走,就好像游荡在东欧老电影中。"他将身子倚在石壁上,继续道:"就算什么也不做,光是站在这里看风景和来往的路人都觉得心满意足!"

我们的谈话顿住了,按照他出神入化的描述,我眯着眼感受起擦肩而过的河风与人流来。

"克里斯蒂,这里的气候到底什么样啊?四月初会转暖吗?"Sunguk突然打断了我。

"应该会吧,不过今年的冬天好像特别长啊!"我模模糊糊地答着。

"已经三月了,还和冬天似的。我没带几件厚衣服。"他说着,将脑袋朝羽绒服里缩了缩。

"咦——不如我们找个暖和的地方喝咖啡吧!反正人很少,这么站下去会感冒的!"我兴致勃勃地提议道。

男孩看了一眼手表,又重新背起吉他,"也好,你等我一下,再弹最后一首。"远远的地方,又走来一小群游客。

Sunguk演奏的曲调于我都很陌生,据他所说,这些都是近两年在旅途中创作的。在一座城市,一停留就是好几天。下雨的时候就躲在小旅馆中创作,天晴了就走上街头演奏。"每一首音乐都代表着一座城市,也讲述了我的心路。"他说。

最后一班游客终是错过去了。他们急着赶路,谁都不愿意施舍半分钟。Sunguk沮丧极了,却也只好无奈地小声抱怨着:"都怪这个坏天气,人们的心情也都坏掉了!"我见状,从钱包掏出一枚二十克朗的硬币当做安慰。结果硬是被他从琴箱的一堆零散中拣了出来。一边塞还给我一边说着:"这怎么行呢?我们是朋友!再说,昨天你已经给过我钱了!"

我拗不过他,只好作罢,"好吧,那你赶紧收拾!去找地方喝咖啡啦!"

Sunguk一边理硬币一边侧过头小声问我:"去哪里?大概要多少钱哪?"

我冲上前去,把他手中的零钱袋夺过来,又迅速将小撮硬币罩进去,"在这里我是主人嘛,你只用跟着我就好啦,其他都不用管的!"接着将钱袋塞给他。

我们就这样肩并着肩往老城广场的方向走,冷雨在渐行渐远的影子中淅淅沥沥飘洒着。还是那间位于巷道深处的"两个寡妇咖啡馆"。我叫了两杯拿铁,就招呼Sunguk去窗边的角落坐着。因为是周末,加上天气很冷,人们更愿意待在家中。房间内除了我们便只有吧台后的肥猫与店家老先生。

"这是一位美国来的老朋友介绍给我的,私房地点,大部分游客都不知道呢!"我故作神秘地轻声说着。

"谢谢你克里斯蒂,这是我走了这么些国家,第一次喝热咖啡!"男孩一面脱外套和围巾一面道谢,而那顶装饰性的鸭舌帽他终是没有摘下来。

"第一次?那你平时路上喝什么?"我追问。

他从装音响的手拉袋侧面掏出一个暖壶,"就用它,从旅店接免费的开水。"

这时候,那个秃头顶的老店家将两杯咖啡端来放置在桌上,缓缓开口道:"怎么,带了新朋友来?"

"是啊,环游世界的韩国人!昨天在桥上认识的!"我热心介绍着,那骄傲的神情,就仿佛自己正要环游世界一般。

"不简单啊年轻人!我年轻的时候总说没时间,现在老了,连做个大梦都困难!"店家赞赏般拍拍Sunguk的肩,哈哈笑了一阵便转身离开了。男孩不懂捷语,只是礼貌地连连点头。"夸你勇敢呢!"我冲他竖起了大拇指。

窗外的雨越下越大,我们反倒不急着回家了,便安安心心聊起天来。

"这次旅行什么时候结束啊?"我喝了一口咖啡,问他。

"预计在明年三月份吧。"他撕开一袋砂糖。

"去年不是到过非洲吗？那时候环球计划就已经开始了吧？为什么今年又重新走呢？"这个问题我始终没弄清楚。

这时候，他的神情才沉重下来，搅咖啡的动作也放慢了，就仿佛想到了什么不愉快的事情。

"其实昨天跟你说的原因不完整。"他叹了一口，"你知道，非洲部分地区的社会秩序还是比较混乱的。我在摩洛哥和南非，曾两次被打劫过。都是些本地的穷人，他们应该也没有正经的事情可以做，整天就靠劫盗外国的游人为生。"他搅了搅咖啡，"当时我已经走过了好几个国家，拍了照片，还将一路经历记录成为文字。直到有一天，碰到了这群人。第一次是在卡萨布兰卡，那些人用刀威胁我，要走了银行卡和钞票。走投无路，我只好去领事馆求助。第二次是在南非，他们抢走了我身上所有值钱的东西，我不肯，打斗过程中音响和吉他都被砸坏了。没办法，我只好中途返回韩国。"由于激动的情绪，Sunguk的英语句法相当混乱，我将那些断句暗暗拼凑着，才重现出这样一小段苦难的经历。

"那你的父母呢？他们怎么看待你的环球旅行？"我显然是被他的故事深深吸引住了。

"父母当然不怎么同意,但我坚持去做,他们也就顺着我了。"他喝了一口咖啡,继续道:"今年我二十七岁,这是一个比较适中的年龄。"他怕我听不懂,便拿出一支笔在纸巾上用图画说明。"我的梦想是写音乐和环球旅行。而它们,是两件相辅相成的事情。"说着,他画出一个音符和一串脚印,又将它们圈在一起。"我上大学的时候专业便是作曲。于是,我每天都窝在一个小房间里面对着钢琴与吉他幻想旋律。可是没有用,我的思维越来越狭隘,创作的道路也越来越窄。我按照书上的方式,尝试短途旅行。奇怪的是,当我走进山间旷野或人潮拥挤的城市,那些音符蜂拥一般往我的脑袋里钻。你能理解吗,对我而言那是人世间最巨大的欢愉!"他说到动情,竟在桌沿上用力叩了一下铅笔!

　　"我身边的朋友都已经结婚了,或是在大公司找到了薪水很高的工作。可是你知道吗,他们却羡慕我的一无所有,他们说我的计划是完全正确的,因为他们仅仅迫于生活,毫无快乐!"他的语速越来越快,可能是咖啡因起了作用,思路也跟着清晰起来!

　　"可是安稳的生活才是最基本的,而安稳的生活得用金钱作支撑,不是吗?"我用力看着他的脸。

"克里斯蒂,快乐与金钱本不可兼得!"他的语调不可思议地上扬,好像对我的问话很失望。

这样铿锵有力的对话令我一时间竟有些手足无措。我搅了搅咖啡,又用勺子挑起上层的奶沫,这才用力喝了一大口。

"那在此之后呢?"我又挑起话头:"等到环球之后安顿下来,你准备做些什么?"

Sunguk答得倒是爽朗,"还没有具体想过!应该会继续在乐器行工作吧,当然也要售卖自己的音乐作品!经过旅行,心境宽了,音乐一定更多人喜欢的!"他拍拍我的肩,"不用想那么多,人的想法总会随着时间改变的!也根本不用担心,很多事情只要用心做了,幸运自然会找上门来的!"说着,又安慰般冲我笑笑。

这个话题没有再继续,Sunguk本不是主动的人。若有问题,他必会口若悬河般解释给我听。可是我若不问,他便不再过多谈论自己的经历。然而于我,话已至此便也足够了,剩下的那部分,是要留给未来的时日细细体会的。

告别咖啡馆的时候,窗外的雨已经停了。潮湿的水汽在捉摸不定的黑暗中弥漫开来。Sunguk颇为客气地与我道谢,"克里斯蒂,请问明天你会不会来?"

"不要事先约定,按照你的计划前行。如果上天有意,我们一定会再次相遇的!"我一边挥手一边向后退,最终连影子都融进了那片迷乱的霓虹里。路过教堂门口,突然注意到围墙角落里那株苍老的樱桃树。我走过去,仰起头顺着枝叶向上望——半边是淋透的雨水,半边是悄然绽放的花朵。

复苏的灵魂

之前一次遇到他,是在伏尔塔瓦河的右岸,那个春光渐败的黄昏。当时我正躲在一处神像的石座儿下避风,身旁站着不久前才认识的那个背着吉他环游世界的韩国男孩子Sunguk。

远远地,便察觉到了那一例突兀的白影,在迅猛的冷气流中不情不愿般缓步前行,满腹蹒跚的样子。待他靠近一些,我才看清——那人大约一米七的个头儿,身材中等,全然辨不出男女。因为周身被一袭灰白色长衫严严实实包裹着,自头顶至脚踝,脸部和其余裸露出来的肌肤,都被漆成了相同的灰白色。沿途走来,暗潮般好奇的目光将道路抹开,还有一些桀骜自恃的年轻人,以鄙夷的姿势围住他,甚至吹起尖利的口哨来。可是那人很少左顾右盼,目光和呆缓的步伐一样,直愣愣地向前方延伸着。

当那片空气般薄弱的白影飘至脚边不远处，一副木条钉成的箱子也随之降落在我的视野里。白面人将它抱在怀中，就像揣着什么宝贝似的。与韩国男孩子的谈话还在继续，可越发漫不经心起来。我干脆半眯起眼睛，斜着身子悄悄窥过去，结果确是吃了一惊——那是一小筐皱了皮的苹果，混夹在上层的几只，已经微微腐烂掉了。

就在这时候，耳边响起了一声卑浅而短暂的"嗨"。我赶紧转回身子，正好撞见Sunguk伸出右手随意挥动着，"嗨！"他笑着回敬道。那个白面人没有刻意逗留，就在擦肩而去的时候才转过身来冲我用力眨眨眼，以示友好的问候。他的整个脸颊都被白色颜料糊住了，表情僵硬到不行，只剩眼角一丝善良的微笑是可以轻易辨认出来的。

一直目送他到桥头塔楼的转弯处，我才回过神来问Sunguk："你……认得他？"

"也不算认得，只是来来往往遇到过几次。从来没说过话，碰了面就'嗨'两声。你知道，布拉格很小的！"他冲我笑笑，又将两个攥成拳头的手靠拢，"我们是朋友，我们都在街头卖艺术。而且，他也往我的琴箱里投过硬币呢！"男孩结结巴巴凑着句子，又伸手指了指琴盒。

正如Sunguk所说，这个白面人的确是街头的常客。而真正令我感到意外的是，两个天涯海角之隔的陌生人，竟然因为相同的境遇，在如此短的时间内便交上了朋友！

那人具体的身份与背景，我无从了解。只知道他的职业是整日站在街头，穿着样式简陋的白长衫表演活体雕塑。一些人称它为"街头行为艺术"，可在布拉格，这份工大多是由学识粗浅的穷人们去做的。

他的活动场地还是相对固定的，不然也不会被我撞上那么多次。最早是在老城广场的教堂附近，后来不知什么原因，转去了市中心的地铁口。商业楼拐角的塘口，有一处十米见方左右的空地。他挑小块儿平稳的地砖站着，全身附着着白色，脚下摆着用白布盖严了的小方凳。从早到晚，摆出各种各样的动作，尽可能保持长时间不动。这时候就会有路人上前来，觉得有趣便驻下足观看一会儿，若感到无趣，便应付良心般向脚前的小瓷罐儿中丢入硬币也就转身离开。而大多数行人，是根本不加理会的。因为这是他们熟悉的城市，是他们司空见惯了的求生方式。

最早见到这个白面人，是在半年多以前的一个工作日。那天课很多，从学校出来的时候，已经是晚上七点多钟了。我实实在没力气做饭，就约了俄罗斯女孩儿热娜一道去共和广场附近的一家快餐厅吃晚饭。我们在吧台点了简单的咖啡与汉堡，接着走去过道最里侧的无烟区等待。想想觉得不够，又起身叫了一份鸡肉沙拉。刚安顿下来，便听着门口传来一阵此起彼伏的笑，正抬起头准备向后望，斜倚在对面的热娜竟也捂着嘴"刺刺呀呀"咧出声来。

"什么事啊这么有趣？"我端着咖啡转过身。

"克里斯蒂你快看——"她伸手朝门的方向比画着，"没想到，街边的雕塑也喜欢吃快餐！"

"街边的雕塑？"我当时的语气一定奇怪极了，惹得热娜以更高的声调笑了出来。

我顶着一头雾水向那边望，只见一个身着奇装异服的人正走向吧台。他的全身被大片灰白包裹着，双手托着一把遮了布的矮方凳。由于面部涂着厚厚的白霜，那份深深藏住的喜怒哀乐显然是不容许被轻易辨别的。好在我注意到了他微微塌陷的步影，远远看去，只有道不尽的无奈与苍凉。

原本还算安静的餐馆一时间竟热闹起来了，多数座客如同观赏笑料般肆无忌惮地谈论着，也有行装高贵的妇人，嘲讽般轻捂住嘴角。尤其是靠近门边的几桌丝毫不讲礼节的年轻游客，自打那人推门而入的一刻起，他们便厉声尖笑并粗鲁地比画着什么，就仿佛一幕情节悲怆的滑稽剧就要开场。"活雕塑"倒也不多加理会，只是深欠了腰身自顾自地走着。要说他不在乎那些戏谑的目光，倒不如说——对于这般情境，早就习以为常了。

我刚举着汉堡咬下一大口，那人便在紧挨着我们的桌子前坐下了。热娜立刻放下杯子转过脸去，过了几秒又撞撞我的手臂，"你看你看，他的晚餐只是两袋薯条！"说着，又伸出两根手指向我逼近，"就两袋薯条！"很显然，这后半句是有意强调那人的穷困潦倒。我不知道这番话是出于友善还是怜悯，再或者是一个年轻女孩对困苦灵魂的不以为然。总之，当面议论他人这种事情，在我看来是极不礼貌的。

于是赶紧捂下她的手指，又盯着餐盘催促道："咖啡要凉啦，赶紧吃饭吧！"同时匆匆朝旁边扫了一眼。

那交织而来的目光令我猛然意识到，刚才那番话终究是落入邻座可怜人的耳朵了。我以为他会生气，或者用力瞪住我们，甚至站起身大声呵斥以作惩罚！可是他没有。那人先是做错事一般满脸窘态地笑了笑，接着埋头将几根撒落在桌边的薯条向餐盘中心拨了拨，又神色慌乱地瞟了我几眼，好一会儿才定下心来。他吃起东西来小心翼翼的，一根薯条小截小截地咬。好像稍微加快咀嚼速度，食物便会顷刻间消失不见似的。

我偷偷看了他好一会儿，也说不上为什么，突然间莫名其妙地想哭。也怪那股劲儿来得猛烈，顺着血管儿瞬间便冲到了胸口。再之后，便什么也吃不下了。

"克里斯蒂你怎么了？"热娜指着我咬了两三口的汉堡担心地探问着，"刚才不是说很饿吗？"

"没什么，可能太累啦！"我装出若无其事的样子，又低头咬了几口。

"那我们走吧！"热娜以为我身体不舒服，大口吞掉汉堡，又迅速抹了抹嘴巴。我将剩下的食物打包好，拿着少半杯咖啡起身离开。

与此同时，那个可怜人仍然坐在位子上心满意足般细数着几根凉了的薯条……

这面孔虽然陌生却也不难被记住，因为在市中心这副打扮的"活雕塑"也只有他一个。自那以后，每次途中遇到，我都会多多少少往脚边的小瓷罐儿中投硬币。一来是对他贫穷生活的慰藉，二来是赎回自己灵魂中那份与生俱来的罪责。

那人并不总是赤手站着，有时候会手捧一只红苹果或牵着整束彩色气球。有一次看见他，是在老城广场通往火药塔的途中。那里有一家出了名的手工糖果店，除了往来的游客，绕道附近的孩子也很多。他们情愿长时间守在窗前，观看各式水果糖和巧克力棒的制作。在我想来，这很可能是那人变换表演地点的重要理由。

那天我也只是放学路过，远远就看到他牵着大束气球一动不动地站着。周边围着一群小孩子，他们一边舔巧克力棒一边等着上前合照。我自然不好意思打断的，就远远儿站了一会儿，等到拍照的人群渐渐散开才走上前弯腰将硬币投掉。那人优雅地弯下身子来感谢我，又趁机换了个轻松一些的动作。我对他点头微笑以作回应，接着便打算就此走开。突然，腰身被什么人重重一撞，我迅速直起身子，只见一小伙儿十四五岁的男孩子蜂拥而来。打头儿的那个，前额的头发竟烫成了淡绿色！他们嬉闹着在"活雕塑"前收住了脚步，又聚在一起唧唧喳喳讨论了片刻。

"先生——"那个绿头发嬉笑着向前迈出两步。这时，那可怜人友爱地折下身子，将一只手抵在耳后，预备出一副悉心聆听的动作。

"你这样站着,实在是愚蠢极了!"那个绿毛鬼的确是这么说的!他猛然抬高了嗓音,又斜了身子原地晃悠着。还没等我反应,背后便腾起一片极刺耳的笑声,好像在共同庆贺恶作剧得逞!

想必这样的场面多少经历过。那人没有反击甚至没有多余的动作。只是机械般恢复到原地站立的姿态,接着又如石块儿般稳稳站住,连睫毛都不曾抖动过。

"我说——你看起来像一只雪白的呆头大鹅!听见了吗?"那男孩再踏出一大步,并无理地指着那可怜人尖声叫嚷着,身后再次响起一顿放肆的嘈杂。那此起彼伏的笑潮如同薄利的刀刃,割伤了那人所剩无几的薄弱自尊,也一片片卸去了原本纯净无瑕的天良。

"别费劲了约翰!"一个尚待成熟的嗓音从人堆里脱颖而出,"看来他是聋子,听不到的!"是个戴着厚镜片的小个子男孩,他指着那白面人,微微仰起头大声宣布着。

"活雕塑"依旧没动,只是他那紧蹙成一团的眼纹,已经明显刻出了一道深深的恼怒。算是有人开了头,又好像料定了那人会一直站着不还手,落在后面的几个男孩子也放开胆子狂妄地大呼小叫起来,"你是无家可归的穷光蛋!""你的白脸实在可怕极了！"

"就连上帝都要将你弃置街头！"……那可怜人分分秒秒站着，身后是冰河般冷漠的漫漫人流。

这般毫无缘由的嘲弄在一具温暖颓然失尽的雕塑面前显然起不了太大效用。绿毛鬼带着男孩们又瞎闹一阵，见那人完全不予理睬，自觉无趣，便也拖着灰灰的背影离开了。没想到刚走几步，那伙人又突然原路折了回来。他们掌中攥着些道旁捡来的碎石子，一声令下，纷纷举手掷向那矮凳脚前的白瓷罐儿。

全当是孩童之间一场毫无分寸的闹剧，然而芸芸众生之间仅存的一份恻隐也随之喧然殆尽了。我潜身于滚滚风尘里，虽然放慢了脚步却终究没有勇气冲上前去做些什么。那份庞大的自尊将我的怜悯包裹得密不透风，而发自内心的懦弱，却令自己既是懊恼又是厌恶。

从那以后，这个可怜人仍与往常一样立在街边以相同的方式求生，但糖果店附近，确是很少再出现了。

正值复活节前夕，老城广场上立起了一棵十米来高的彩蛋树，很多波西米亚风情的食色小摊和铁匠铺也沿道逐个儿支成了,广场最中央还隆隆重重搭起一个偌大的舞台来。又赶上春光繁盛,无论贫民、富人或小贩,大家统统赶去市中心凑热闹。如此盛大的节日,我自然也不甘心错过!于是在天文钟下面满心虔诚地站了站,等到整点报时结束才又循着人流,到距胡斯雕像不太远的一家甜品店买咖啡。就在我只身错过几个俄罗斯壮汉,伸着脑袋辨识方向的时候,那束白花花的影子竟出其不意般现身在了长廊拐角。

那时,全身灰白的可怜人正背着一对儿绒布缝制成的翅膀,假扮成天使雕塑的模样。他左手拿着一根复活节特有的藤制彩鞭,右手托着一个小木盒。我拨过人群,再好奇般踮着脚尖向他手上望——只见那盒子里躺着几颗绘制粗略的彩蛋和两三只用锡箔纸点缀成的小兔子。

深深圈住他的,是一群捧着新鲜炸土豆和棉花糖的金毛小鬼。他们欢天喜地地原地转着圈,又"咿咿呀呀"地挨个儿请求合影。光远远看着,就觉得有趣!我又朝近处挪了几步,按照灵魂的约定将一枚面值不小的硬币投入他脚前的小瓷罐儿。然而这一次,我并没有即刻走开。也不知道哪儿来的勇气,就在他习惯性弯下腰又伸出一只手略表谢意的时候,我也趁机伸出胳膊迎向他粗糙的掌心轻轻一握。他突然盯住我,那苍然的眼神中竟瞬间涌出一股受宠若惊般的温柔来。

片刻而已,一些等在身后的小朋友已经按捺不住了。他们接二连三走过来投硬币想要拍照,还有个戴着松鼠帽且好奇心过强的小个子,他费力踮起脚尖又扒住雕塑的手朝盒子里看。我当然不能耽误人家赚钱,于是摆头笑了笑便默默退至一边。

等过了十几分钟,来往的人潮才暂时停住。"活雕塑"也趁空当儿坐在街边的浅台阶上休息。犹犹豫豫了好一会儿,这才下了决定走过去,"您好!"我轻声打起了招呼,接着又绕到他面前去。

那人正晃着肩膀费劲儿掰一块又黑又硬的干面包。他猛地抬头,显然是被这猝不及防的问候吓了一跳,"您……您好!"他顿了一下,应该是认出了我,紧接着又手忙脚乱地将食物装回塑料袋里封好。

"能看看的你的小木盒吗?"我实在不知道该说些什么,就随便挑了个话头。

那人先用充满戒备的眼神盯了我几秒,大概没看出什么恶意,也就小心翼翼地答应了。

我以相同的姿态在石阶旁坐下,并且很放心地将皮包搁在两人之间,故作出一副轻松的样子。见此状,那人的紧张感也随之松缓下来了,他立刻将手贴在大腿两侧用力蹭了蹭,又从一旁拿起木盒毕恭毕敬地双手端给我。

"真好看——兔子和彩蛋都是从集市上买来的吗?"我接过那盒子不住称赞着,重重点头,样子确实是有些夸张了。

"真的吗?你觉得好看?"他半信半疑反问道,"不是,这一套都是我亲手制做的!"这柔软而怯懦的嗓音,分明是属于一个年轻女人的!我被自己的后知后觉吓了一跳,不禁抬头多望了几眼——那里有浓涂重抹下长而微卷的睫毛,以及樱色唇瓣优美的轮廓。

"你是本地人吗?"我的好奇心终究脱缰而出了,随即思绪涣散地想象起掩藏于白浆面具之下的脸孔来。

"不是,我家在摩拉维亚,一个小村镇。"她看我尚未作出反应,便又补充道,"布尔诺,布尔诺市你知道吗?是摩拉维亚的首府!"

我迟迟地点头,"文学课讲米兰·昆德拉的时候教授提到过,不过离布拉格比较远,我还没去过!"说着又摇摇头表示遗憾。

"捷克的第二大城市,无论市中心还是郊区都很美的。特别是每逢节日来临,摩拉维亚那边有着比布拉格更传统更民俗的庆祝方式！有时间你真应该过去看看。"她极力向我推荐着自己的家乡，那骄傲的神情，和我谈论起中国的时候一模一样！

"你一个人待在这里？复活节也不回去？"我又问。

"我的家人都还在摩拉维亚的乡村，他们当然想要我回去，可节日前后街上的人很多，加上天气转暖，大批其他国家的游客也来观光。这期间在街边摆活雕塑能赚到不少钱的！"我真的很不喜欢一心只想着求取钱财的人，可是她的这句直截了当的"赚钱"听上去是那么老实，甚至还掺杂着令人心疼的伤感。

"你叫什么名字？从哪里来？"她问我，同时举起那块硬面包给我看，"对不起，我实在饿得要命。"又不好意思地咧了咧嘴角。

"你快吃吧，不碍事的！"我对她笑笑，"我叫克里斯蒂，中国来的！"

"克里斯蒂！哦，克里斯蒂——多好听的名字！我是'爱丽娜'！"说着便咬了一大口面包，也顾不得唇周的白涂料，看样子的确是饿极了。

"你的工作就是在街头表演吗？还是作为兼职？"我

问她。

"我有很多份工作,凌晨送报刊杂志,白天做活体雕塑,夜晚去酒吧打工。"她叹了一口气,眼纹深深凹了下去。

这份凝重来得也突然,我们只好不再说话。不知道为什么,她大口咀嚼面包的样子让我想到了Sunguk。那个执意环游世界的男孩子告诉过我,为了节约旅费,他一路只喝自来水,吃从超市买来的打折食物……

教堂那筑着十字架的灰色尖顶近在咫尺,一具具满怀悲悯的善良灵魂,以及阵阵冲入耳畔的神圣祈福歌谣。瞬逝之间,一个想法蓦然撞入我的脑中。还没来得及进行任何详细思索,这话就已然脱口而出了,"下午早点收工,一起吃饭吧!"我自己也先是一惊,紧接着便感到一阵前所未有的轻松。

"什么?"女孩转过身,瞳仁中央闪闪发亮。很显然,她不是没有听清,而是为了确认这份从天而降的欣喜若狂。

"喜欢吃中国菜吗?"我很用心地问道。

"太喜欢啦!只是中餐馆对我来说消费太高,至今都没去过几次!"她下意识望了一眼身旁的白瓷瓶,又略感失望般将硬币倒进钱袋。我明白她的沮丧,毕竟欧洲人大多讲究分别付账的。

"这么隆重的节日,我朋友不多,一个人也不知道该怎么度过。不如去我家吧,简单做顿饭庆祝一下!"说着又轻触了触她的手臂做出安慰的姿态。

爱丽娜犹豫了好一会儿才抬起头:"真的吗?可是……那样我会觉得很不好意思。"说着又低下头去绞弄起手指来。我只当她没有拒绝,于是迅速从包中抽出一页白纸,在上面工工整整写下街道名和门牌号。"六点半你来!我们楼下的门铃坏掉了,到时候我就站在楼口等你一起上去!"说着便很利索地将纸片塞给她。

"谢谢你克里斯蒂!"她将双手紧扣在胸前一遍遍重复着。一份微不足道的陌生关怀而已,这女孩儿却已经高兴得不知道该怎么办好了。

"那我现在就去工作,争取能早一些收工!"说着便站起身,搬过方凳小跑几步又原路退了回来,"忘记说再见了!"她轻轻拥了拥我的肩,"下午见,好心的克里斯蒂,下午见!"说完便跑开了。我看她站上脚凳并握住那方木盒重新摆姿势站好,这才一边倒着走一边挥手。作为雕塑,爱丽娜是不能随意挪动的,只好微微扬了扬下巴,还始终望着这方向目送我直到离开。

我算好了时间，又绕到伏尔塔瓦河下游喂了一会儿天鹅。等到阳光不那么充裕了，才乘地铁往住地附近的超市走。本来只打算买气泡水、鸡肉和蔬菜，可一想到要庆祝节日便将收银口插着的那几支廉价非洲菊一并买了下来。

因为情绪高涨，我炒了好几个传统的中国菜，怕她吃不习惯便又拿一只纹理精美的玻璃大盆拌起了鸡肉玉米沙拉。接着将菜肴纷纷端上桌，洗出两只高脚杯，最后将插着小束花朵的透明汽水瓶摆在方桌最中央。当这一切都准备就绪的时候，表盘上的指针已经走到六点二十分了。

可能是过节的缘故，急着往家赶的路人没有以往那么多。我在楼口靠了一会儿，来来回回就是几位带狗散步的老年人，而那熟悉的白影子一直没出现。虽然离约好的时间还差两三分钟，可我已经有些着急了。她是不是将我们的会面忘掉了？还是记错了时间？再或者我没有把地址写清楚？就在这时候，有人猝不及防地拍了拍我的肩，"克里斯蒂！"紧接着叫道。我立刻转过身，只见一张全然陌生的微笑面孔在半米之外停住了——是爱丽娜！

"你等了很久？不好意思，我回家换衣服耽误了点儿时间，又对这个区不太熟，是从地铁站一路寻问过来的。"女孩儿说完便贴了贴我的脸颊以作问候。这是我第一次看到活雕塑层层白面之下的真实模样——头发理至极短,脑门很宽,深褐色的雀斑铺洒在眼角和鼻翼两侧,眉毛淡且稀疏……总之,无论怎么看都算不上漂亮。

"饭菜都准备好了,快随我上来吧!"我关上大木门,又按照楼管太太的叮嘱将钥匙一直扭到头,这才安心往楼上走。

爱丽娜看到一桌佳肴,先是惊得大呼了一声:"上帝!这些都是你做的吗?"又伸手摸了摸湿漉漉的花瓣,"实在是太隆重了!"

"是啊,不是说了吗,只为了庆祝节日,平时不常做的!"我笑着将气泡水递给她,"不要太拘束,想要什么自己弄!"一听这话,爱丽娜立刻举起手来与我碰杯,又互相道了句"节日快乐",这才开始正式享用。

而令我感到奇怪的是,眼前的这个女孩子并没有表现出在街边啃面包时的狼吞虎咽,而是万般小心地细细咀嚼着。

"怎么了?是不是不合你的胃口?"我问她,又将杯子添满。

"太好吃了!"她夸张地眯了眯眼睛,"我已经很久没有吃过如此美味的食物了!"

"那你平时吃什么？"我又问。

"以面包和土豆为主，肉类贵一些，只有市场打折才会买一点。"她喝了口水，继续道："能填饱肚子就不错了！对我而言吃什么都是一样的！"听此话，我顺便夹了一大筷子鸡肉盖在她碗中，她赶紧抬起头来连连道谢。

"觉得美味就大口吃啊！"又将盘子朝她那边推了推。

"好吃的东西，一定要慢慢享用！我正在试图记住这个味道，说不定什么时候才能再次吃到！"她说着，又按照原有的节奏细嚼慢咽起来。

吃完晚饭，我将盘子收入水池，又清理了桌子。爱丽娜要出手帮忙，硬是被我阻挡住了。要客人帮做家务，无论如何都说不过去吧！等眼下的一切大致安顿好了，我又洗好瓷缸，泡起了中国带来的绿茶。

时间不算太晚，我们继续在小桌旁坐着。随意聊了一会儿，爱丽娜竟窸窸窣窣地从那个黑色的大背包中翻出一个彩纸包装好的小盒子来，"感恩节的礼物，送给你！"说着便伸着胳膊递给我。

"还带礼物！其实你不必这么客套的！"虽然嘴上这么说，但我心里实在高兴极了！

"不是什么值钱的东西，你还是快打开看看吧！"她小声催促着。

我按照粘贴的纹路将彩纸逐步撕去——是一个四方形的小木盒，推开活盖儿再一看，竟然是那只装着彩蛋与复活节兔子的小木盒！

"我也不知道该拿什么作礼物，你早上说喜欢这个，我就把它带来了！"她的语气颤颤巍巍，生怕我不喜欢似的。

"喜欢，当然是很喜欢！可这盒子是你表演时候要用的，送给我了你怎么办？"我说着就要塞回到她手中。

"没关系，没有再做就好了！可这是我的一番心意，你一定要收下的！"她硬是推了过来。我谢过她，觉得这份情谊对一个贫穷的人来说实在过于深重，又为自己无心的赞美感到惭愧，一时之间竟不知道该如何回复。

又喝了一会儿茶，爱丽娜起身要走，说是回家睡一会儿还要赶到酒吧工作。

居民区里的小岔道很多，夜路实在不好走，我便一直将她送到了地铁站，"爱丽娜——这样的庆祝绝不是最后一次，你知道，往后大大小小的节日还有很多！"她会意般捂嘴笑了笑，可那来势汹汹的幸福感岂是轻易能被掩盖住的？

躺在触手可及的黑暗中，即将老去的时光分分秒秒从身边擦过。我突然觉得这座城市仿佛不再那么冰冷而陌生，也突然意识到，在这一天重生的也许不仅仅是上帝一个——还有爱丽娜，还有我，还有芸芸之间一切善良而悲悯的灵魂的启迪者……

三区的墓地

那是十月的最后一个星期天,一个鼓着焦灼而繁盛西风的午后。流火般凛冽的天光穿过摇摇欲坠的椴树叶,用金线织密了悬浮在呼吸间的氤氲水汽。我倚在被大片颓败植物淹没了的花藤旁用午餐,同时百无聊赖地拨弄起游戏于土壤之中的幼小昆虫来。湿乎乎的日光在手掌间纠缠,又随旋转的风落满整条臂膀,恍惚之间,整个宇宙都清亮起来了!

侧后方五十米开外的空地上,落着一座灰黑色的教堂。而隔在我们之间的,是几个深浅不一的水洼,经过这番简单的描述,整个画面也就肃穆了许多。教堂很小,墙壁是用年代久远的粗石块勉强堆砌起来的,原本便清淡的壁画经过岁月的侵蚀怠惰地糊作一团,就连锋削的塔顶也微微裂开了。它小到没有名字，街牌号也不那么清晰，唯一能够用来辨认地点的标志竟是小堆小堆的烛灯与鲜花，以及婀娜成列的十字架。没错，这正是一座常年守候着灵魂的无名教堂，就位于三区城市公墓的边上——房檐边没有精雕细琢的天使，也没有被羊群环绕住的耶稣，仅仅一间顶着罪与安慰的简易老石屋，孤零零立着。远远望去，不过是众多石碑中的一座。

从我蹲坐在青石阶上杵着身子抚弄柔润土壤的一刻起，那个乱发揪成一团的流浪汉就已经远远地等在那儿了。他比我先到，倚在一棵死去了的山核桃树旁边，整个身子被粗干的壮影掩去大半，仅有一只托于胸前的假肢在流转的光谱之间胡乱裂着。

他时不时探出脑袋向这边瞄上几眼，如若不经意间被我撞见，便立刻扭过身子，在苍老的树皮上装模作样地一圈一圈画起年轮来。他的后腰弓得很厉害，还背着一个生了霉菌的黑色超大尼龙布包，整个人从头到脚破烂得好似刚从垃圾堆里捞出来一般。我下定决心不去理会他，只好在享受烤香肠与咖啡的同时，摆出一副心安神定的模样。当然，如若他执意上前来乞讨，我就将钱袋里的硬币统统留下！

看在上帝的份上!

然而过了好一会儿,我再抬眼往树腰一瞥——那人既没有前来,也没有远远地搭讪,只是守着棵死树寸步不离地站着,两道放肆的目光不罢不休地将我牢牢铐住。面对如此无礼的举动,我确实有些生气了,再看看他怀里可悲的假肢,一瞬间怯意全无。我将没吃完的食物裹好,直了直腰板儿又皱紧了眉头,硬撑出严肃且气势汹汹的样子死盯回去。

然而,这道出乎意料的尖刻并没有令他低下头去。就在目光交错而过的刹那我才恍然大悟——令那人如此着迷的不是我,而是我手边粗简的食物!这人看上去的确是饿极了,那近乎乞求般飘忽不定的眼神随着我握咖啡杯的手进退起伏着。在偏僻生冷的墓地撞见这般场景也是避之不及的,更何况对方没有表现出任何恶意。转念一想,便也原谅了这番横冲直撞般冒昧的打量。

也不知道算不算得上心生怜意,就在此时此刻,一股凝固于灵魂深处的伤感被硬生生地划开。我们各怀所思般原地愣着,顷刻之间的沉默令时间也被迫停滞下来了。直到浓郁的风将鸟雀们聒噪而短暂的叫声推至耳畔，他这才如梦初醒般晃了晃手臂，紧接着别别扭扭地蹲下身子在地缝间抠取别人丢下来的烟头。要说略表致歉或难为情，我倒是全然没看出来，对于诸如此类的无声指责，他应该早就习以为常了。

我退回石阶旁继续拿出剩下的一截香肠来吃，咖啡已经完全凉掉了。没想到那人也跟着站了起来，左胳膊搂着假肢，另一只手用力撑住树干。他的目光曲折而艰难地移回到我手上，不上前，也不开口祈求。既然他们的生存方式是拾取，那么过于明显的施舍很有可能会伤到那人的自尊。想了一下，便将半条香肠和剩下的咖啡一并摆在了花坛石沿上。一心希望他有所察觉，便迅速整理了背包向小教堂门口走。

这座墓间教堂是终日开放的，供信徒们朝拜，也供前来祭奠亡者的家属们歇脚。门把手上挂着把大而笨重的铁锁，已经被蛛网与锈斑层层捆住了。要说效用，那也只能用作记录年头的装饰物。由于所处位置偏僻，又因为室内除了圣坛、长椅、粗劣壁画，折了一只腿的旧烛台和几座辨不出身份的灰石雕塑，其余什么值钱的东西都没有，所以除了必要的垃圾清理和修复检查，守门人或管理员是不会轻易光临的。

而我却是这里的常客，一个月总会抽周末的空当儿来上两三趟，情绪烦闷的时候次数就更多一些。在缺了梁的条椅上静坐，安抚急欲逃脱的时光，天色明朗的时候还会托着硬壳小本哗啦啦地埋头记下零零散散的只字片语。然而，令人感到不可思议的是——这种平和而自由的存在感，终究是建立在爱与死亡的临界点上。

当然，于此停歇的也不总是我一个。有一些探望已故亲属顺道路过的年轻人，或者因逃不过骤变天气而止步避风躲雨的路客，也有过专为挖掘宗教素材前往的摄影师。可是他们的逗留都相当短暂，不参观，不祷告，甚至忘记在胸前画十字架。

此地虽简陋，但毕竟还是一处圣所，因此就算有人开口讲话，也会下意识地将嗓音压至最低以示对神明的敬重。如此一来，我便可以安守整个午后，任凭期间人来影往。偶尔也会踏进一位华发拄杖的老太太，不开口，只是稍稍向我点头问候，接着便扶住圣坛合眼站一会儿，或者在后排的长椅上落座，口中还默默念叨着什么。这般场景大约会持续二十来分钟，等到时间差不多了,老人便默默起身离开。如若恰巧与我的眼神撞上,也就无声地动动嘴唇道再见。

没有人问我姓甚名谁,也没有人问我来自何处。好奇与猜测是对大多数人而言的,可是在上帝面前,一切罪责统统被宽恕,任何不愿言说的秘密都变成了透亮的胴体。特别是在午后暖光照射在圣坛正中央的时候,尘埃雾瘴全然消散。自由——我是说灵魂都变得轻盈了许多。

然而令我感到奇怪的是,只要我星期末光临这里,无论周六周日,都会在圣坛上发现一把包装粗略又不怎么新鲜的花束。用细绳简单绕住,有时候干脆散开围在圣坛边上。花朵都是些普通的品种——非洲菊、康乃馨,甚至还有随手揪来的野丁香或带着青涩果实的蔓越莓。最昂贵的,算是夹在中间的一两朵皱了花瓣的玫瑰。也不知道是什么样的人拥有如此美好而善良的心意,我猜测过也等待过,没有任何发现,只好作罢。

直到有一天。

太具体的日期已经很模糊了。我只记得,那是一个乱花繁木迷人眼的盛夏黄昏。每到这个季节，布拉格的白昼都变得漫长起来。天光不知疲惫地从清晨四五点拖延至晚上八点半。我也是闲来无事，又贪恋一呼一吸间的草香，便决定等到夜幕微降再离开。

墓地间弥漫着印象派油画般动人的树影以及经过雨水发酵过的泥土的浓重香气。我整个下午躲在这座隐秘的私所之中，偶尔靠坐在最近处一座刻了蔷薇纹理的石碑后抽烟，或者沿着小道来来回回漫步。天气燥热，温湿的汗水紧紧扒住后背片刻都不舍得放松。

说起那个陌生女孩的出现，我至今还记忆犹新。最初，她是以一个心灵受难者的形象出现的。我所讲的最初，是在推门而入的时候。当时天已经泛黑了，灌木间有沙沙而过的风声，高墙上植被的倒影也越来越深重。我整理好背包，穿上外套正欲起身朝外走。就在这时候，门板吱吱呀呀地响了起来。我回头去看，这才发现一个清瘦的影子用手抵着门，怀里抱着小捧花束。她显然是被我吓了一跳，慌了神，又立刻踏回去两步。我虽然没被吓到但也当即愣在原地，撩撩扑到眼前的碎发，又将半握住的背包放回到座椅上，尴尬地不知如何是好。

风雨夜归人？这种场面不得不让人产生类似的猜测。一瞬间闪现的内疚很难形容，就好像未经允许便闯入了他人的领地，更糟糕的是——还当场被撞见了。我犹犹豫豫地上前两步，又不确定该不该打声招呼。

"晚上好，女士！"是她主动开口的，同时抚了抚肩上的手风琴。

"晚上好。"我立马回过去，因为慌张，声调变得异常尖锐。

她微笑一下便又目光严肃地从我的身边擦过去，一直走到圣坛前方才止步。我被拢在石雕的阴影之下，全然不敢出声。

这时刻，整个石屋已经被黑暗淹至过半了。眼前那个行为奇怪的女孩子先将花束毕恭毕敬地双手摆在石台上，又俯身从斜挎的布包中掏出一把盒装的应急灯来。只听"啪"的一声微响，室内三分之二的空间都被冷白色光线晕开了。那女孩闭着眼睛站了一会儿，满心伤痕的样子，才又睁开眼，大步走到我面前，将琴盒往地上重重一放。

"外国人？"她改了轻松愉悦的口气，一屁股在长椅上坐下。

"中国。"我讪讪地答道。只见她仰起头,睁大了眼睛,"我以为是哈萨克斯坦的!"又喃喃自语地摇摇头,"太远了!哎哟,实在是太远了!在我眼里,亚洲人都长一个样!"

这女孩看起来二十出头的样子,眼眶很深,乌黑而油亮的长发凌乱编在脑后。看那阴影分明且刻着印巴血统特有的轮廓便能猜到,她是茨冈人。而在布拉格,与"吉卜赛"有关的词汇是相当忌讳被提起的。我只好轻应一声,又低头笑了笑。

"你是来旅行吗?"她仰起头,摊了摊手示意我坐下,"这么个小地方,很多本地人都不知道的!怎么找来的?"又一本正经地问道。

"我不是游客,在这里上学!已经快一年了!之前坐公车路过,好奇心驱使,也就找过来了。"我怕表达不清,还夸张地凭空比画着。

"喔——怪不得会说捷克语!"她恍然大悟似的,突然递过来一只手,"我的名字叫伊万娜·盖布海尔多娃。我早就不上学了,接了祖母的杂货店,卖烟酒和日常生活用品!当然,也在街头和地铁里拉手风琴。"她的舌头在嘴里愉快地打着滚,"对了,你叫我伊万娜就好了!"

我见状便也毫不吝啬般伸出手去,"克里斯蒂!"

"克里斯蒂!"她重复了一遍,"这名字让我想起了躺在沙滩上吹海风的金发甜妞!"说完又旁若无人般哈哈笑出了声,"可是,你的头发是黑色的!"又戏剧性地冲我咧咧嘴。我抬头望了一眼天顶,别别扭扭地好半天说不出话来。

这女孩看起来并不富裕,穿着过了时的褪色水洗连衣裙,牛仔布球鞋也已经磨得泛白了。面颊晒得黝黑却未经任何粉饰,锁骨周围还缀着一圈深棕色的斑点。我触到了那粗糙的掌心,凹凸不平的手纹与干死的角质猖狂纠结着。

我们肩并肩坐着,才刚开口两句,就不知道该如何继续下去了。我确实不善言谈,特别是在一个文化差异甚远的异族女孩面前,一片片毫无缘由的陌生感随血液静静流淌着。这般分秒延缓的缄默确实令人困倦,原本高昂的情绪也随之渐渐坠入心谷底端。我这才任凭目光扒着窗棂向外看——墨蓝色的夜幕已经被满园繁星全然催开了。

我抬手看看表,又将背包朝近处拢了拢,打算就此告别，临行前不禁多望了一眼圣坛上的花朵，轻轻赞叹起来："伊万娜你真有心，那捆花朵看起来美丽极了！"

"你喜欢？"女孩瞬间来了兴趣，"是献给上帝的！当然，还有我的外祖母。要知道，她也住在这儿。"说着便冲我眨眨眼睛，紧接着又站起身干脆拿过那把野花给我看。"大部分是在山腰上摘的，只有玫瑰是在花店关门之前低价挑拣来的。你看——"她伸手抚了抚一片被晨霜打坏了的花瓣，"都已经伤成这样了，就算低价出售也没多少人愿意买！"又耸耸肩将花束放回原处。

"这么说，你的外祖母生前喜欢玫瑰花？"我的好奇心又开始作祟，幻想起一段凄美而遥远的陈年史事。

"也不一定吧！门口那家花店，你知道吗？"她伊万娜伸手向门口指了指，"就是公墓大门正对着的！马路另一侧！"看我眼神直愣而迷茫，又接着补充道："木板支的小房子，有红色凉棚那家！"

我这才频频点头，示意她已经想到了。同时期待着下文。

"店主是个穷老太太，丈夫老早就生病死了。儿子是个断了腿的可怜人，没有工作，每个月拿政府补助，有时候也晃晃悠悠捡点废品什么的。"她咳了两声,接着拧开一瓶水来喝。"我经常过来,久而久之便和那个老太太认识了,每次她都会将卖不出去的花低价给我,遇到心情好的时候,也会免费赠送!当然,不仅仅是玫瑰花,什么便宜我就买什么。"伊万娜说着便扬了扬下巴,丢给我一个相当友爱的笑容。

这时候,天已经黑透了。我看看表,担心搭不上班车,不得不先行告别。

"对了伊万娜——"都走到门口了,突然想起脚边的那个黑箱子,便又多问了一句,"你会拉手风琴?"

"当然会!手风琴可是我们民族的代表性乐器,街头卖艺也全靠它了!你应该老早就看出来了吧——我是罗姆人!"说着便夸张地在胸前捶了捶。

"罗姆人?"我轻轻重复了一遍,头一次听说这样的民族,心里好生奇怪。

"就是你们说的吉普赛人,或者茨冈人!我们自称罗姆人!"她的解释比我想象中坦然太多!看来我先前的顾虑是多余的，因为此时此刻从她的脸上竟读不出一丝一毫与民族相关的窘意。我点点头，很愉快地望住她。

"想听吗？女士？"她笑嘻嘻地试探道，生怕我拒绝似的。"不如来点儿音乐吧！"说着就要将放在地上的木箱打开。

"音乐？在这里？"我用极其不可思议的语调问回去，"这里是教堂……不太好吧。"同时抬眼将四周幽幽地打量了一番。

"不用担心！要知道，很多时候上帝也需要陪伴！这里一年到头也没什么人，你看——"她上下左右凭空指点着，"烛台、长椅、地上的碎石块儿。就连落在神像身上的尘土沙粒都寂寞呀！"还没等盘旋的话音落定，便又安慰似的搂了搂我的身子。就在我万般迟疑不知如何接话的时候，那架灭了光泽的老式手风琴已经被她托在身前了。

随着连贯成串的音符飘摇而起，我才重新将书包靠回脚旁，又以观众的身份在灯光微弱的角落里稳稳坐下，尽量配合好这场神圣而孤单单的演出。

那是一段极欢快的旋律，听来像是组章奇特的民间小调。伊万娜一面挪动脚步一面陶醉地拨弄那象牙黄色的键盘。时而旋转,口中还咿咿呀呀浅声唱着。

一曲终了,她尚未尽兴般唤我起身,"克里斯蒂!你怎么能只坐在那儿听呢?我弹琴,你跳舞!来来来——快站起来嘛!"说着便又示例性地原地转了个圈。

"我不会跳舞啊!从来没跳过,难看死啦!"一边回答一边扭扭捏捏地缩了缩身子。

"哎呀!你不要害羞啊!这里又没有别人。"她过来硬扶我起身,"你看,这么欢快的旋律,你就随意扭一扭,动起来就好了!"

难得如此热情的召唤,要人怎么好意思拒绝!我便随之站起来,深深闭一下眼睛,循着节奏踏起了步点……那天晚上我们闹了好久,很难想象在这般落魄的夜晚小教堂中能撞上一场如此肆意而动人心魂的狂欢!

收灯,又闭紧了大门。低头看表,已经是晚上十点半了。恰好赶乘同一班有轨电车回家,伊万娜比我提前两个站点下。没想到途中突然下起了倾盆大雨,我打开车窗贪婪呼吸着泥土浑浊的香气。等站回到家门口,全身上下全都已经湿透了……

后来又有过几次相逢,但事实上,我与伊万娜从来没有约定过见面时间。有幸碰上就待在一起——聊天、说笑或者听她弹琴。错过去也就算了,反正摆在圣坛上的花朵会透露她的足迹!

前后大约隔了一个半月。那时候,这座城市已然踏入了秋季,是一个被橘紫色夕阳揉碎了的傍晚。我当时正蹲在一座方形墓碑后面抽烟,手边还哗哗翻着一把泛黄了的椴树叶。远远的,伊万娜从大片草木中走出,"克里斯蒂!"她高声唤我的同时,用力挥舞着手臂!

我们很用力地相互拥抱,又夸张地亲吻了脸颊。事实上,早一次的见面,就在一周之前!伊万娜的行为正好解释了我热爱吉普赛这个民族的原因——自由、漂泊、原始而率性。他们不拘小节,青睐一切热烈奔放的事物,他们的血液如同滚烫的河流一般在体内奋勇奔腾着！

"走，克里斯蒂！带你去一个地方！"她接过火柴盒，有模有样地点燃一支烟。

"哪里？"我在脚旁捻灭烟头，万分好奇地看着她。

"秘密花园！只有秋天才好看的秘密花园！"说着，便催促般用手轻轻搭上我的肩。

我随着伊万娜的脚步，不出五分钟便来到了她所说的"花园"。是在墓地最顶头的砖墙后面，离小教堂不算太远。那里有一扇附着着锈斑的铁皮小门，如同被遗忘了的陈年旧事一般，孤零零站着。

"从这儿进去！"伊万娜招待客人一般将门拉开，一阵刺刺啦啦的响声趁机滑至耳畔。如果仅仅出于言说，我定然不会相信在一座死一般沉寂的墓园后面安置着如此迷人的空地。正对着的是一面池塘，四面围拥着高高低低的灌木植被以及芳草坪。椴树的花朵已经落尽了，脆弱的叶片漫不经心地散在地上。花丛深处隐隐约约露出白色长椅的一角，有幼小的蜂蝶停落在扶手上小憩。

"椴树是捷克的国树,被我们视为神圣的象征!所以城堡区,道路两旁,很多地方都种着!"伊万娜拾起一片树叶,为我悉心解释着。

"怎么发现这里的?"我抽出那片叶子,饶有兴趣地问道。

"门口花店的女士提到过,我就顺着找来了。事实上——"她遗憾地耸耸肩,"有不少人知道这儿,特别是一些热恋中的情侣,所以花园并不完全属于我。"

"从墓园绕进来?"我向她追问道。

"不不不!"伊万娜摆了摆手,又侧侧身子指向水平方向的围墙,"看到了没,那面盖满爬山虎的水泥墙!没什么高度,很容易就能翻进来。我见过几次,男孩子先跳下来,再挤着墙根儿将女孩子接住!"

我再一次细细地环顾四周,对于谈情说爱来讲,这里的景色与气氛都相当符合。特别是紧挨着墓地,如若论及生死誓言,浪漫的感觉一下子便能提升许多!伊万娜将手风琴放在门口的灌木下面,又带着我沿池塘走了一圈。

"天气好！景色也好！"她轻捻了指尖试图抓住迎面路过的潮湿的风，"可是又有谁能想到，天堂地狱，仅仅一墙之隔！"又朝着墓园的方向杵了杵胳膊。

难得开杂货铺的伊万娜能说出如此富有深意的话语，我忍不住频频点头，跟着又向前紧追了几步。当天，这个浓眉深眼窝的吉普赛女孩儿穿着一条皱皱巴巴直拖到脚踝的连衣裙和一双碎流苏乱晃的无跟儿旧凉鞋。脚腕上绑着四五条彩绳，绳上还缀着几粒黄豆般大小的铜色铃铛，稍微一抬脚，野风便会拂过裙边趁机撩拨一番，那丁零零的响声，催得整个灵魂都在瞬息之间清爽起来了！

再后来，两个人靠坐在椴树庞大的根络上。伊万娜拿出手风琴来演奏苍凉而哀伤的乐段给我听，我倒漫不经心地数弄起命运萧瑟的叶片来。晚风操着迷乱而醉心的步影前来，拂过琉璃般平滑的水面，掠过小飞虫幼薄而透明的翅膀。随之而访的，还有纵情般泥土混着果木的柔香……

从教堂出来，已然是黄昏时分。站在最高的石阶上向四面望——荒凉凉的墓冢之间，我孤立无援的倒影就好比一位满载着罪与恻隐的王。突然想到了什么，便又回过头去望向灌木微掩的花坛——咖啡杯子空空地滚落在墙角，而那位孤独的流浪汉也如同散去的雾影一般，消失在苍茫晚光之中了……

谋杀索菲亚

"我们都明白,这场使道德蒙尘的爱情终会以支离破碎的告别而收场。所以彼此承诺过,无论悲喜,都要珍惜在一起的每一个日夜。"

"可是索菲亚,若真的用心维护,还会告别吗?"

我坐在午夜的秋千上,任凭这番绝望至平静的言语如同驱不尽的幽灵,在脑中反反复复地闪现着。与此同时,伤感宛如黑暗的藤蔓一般,肆无忌惮地生发,而后将我死死勒住。一时之间,整个世界都以欲罢不能的姿态陷入到被刻意营造出的悲剧氛围之中。我睁大眼睛望住月亮,试图伸直奋力支离地面的双腿,将秋千荡高,"高一些,再高一些,最好能够抓住那棵松树的尖芽!"透过氤氲的雾幔,我看见那个抱着猫咪的黑头发姑娘坐在灯柱顶端冲这边频频挥手。我开始陷入幻觉……秋千被夜风推揉着，我想要钻进月亮的阴影里……越荡越高，我浅声祈求，祈求这份恐惧离我远去！

然而，沁着锈水的锁链终于滑离紧实的手掌！伴随着强烈的头晕目眩，我以猝不及防的丑陋姿势从半空中跌落，紧接着拥住覆满潮湿沙土的地面声嘶力竭地大哭起来。没有人能够了解如此汹涌的悲伤，唯有上帝作证，就在此时此刻，我的泪水如同冲破了堤坝的洪灾……

那是一件无论如何都无法抚平的伤事，虽然已经过去了近一年，但索菲亚终究成了一具尸体，从此被圈禁于幽寂的墓园深处，石碑前摆着几盏天使模样的烛灯或随手撒上把野芍药种子，再或者刻意种植一棵矮松树……可就算这一切布置得再稳妥而悉心，过不了多久她也还是会被众多人遗忘。

索菲亚死了，死于一场爱情的谋杀！

可能因为本性敏感、怯弱，处事因多虑而过于小心翼翼，所以我反倒喜好结交性格迥然相异的女孩子。她们我行我素，不拘小节，亦或肆意妄为。我时常幻想起那一副副布满雀斑的面孔，矫捷而轻灵的躯干，爽朗而放任的笑声。幻想她们如同毛茸茸的原始小兽一般光着脚丫跃入我的视线，然后冲我眨眨眼睛，"嘿！亚洲姑娘！"

而索菲亚——这个来自保加利亚的女孩子就是以如此貌似神合的形象命中注定般出现在了我的身边。长睫毛、黑头发，一身白色的亚麻连衣裙，脚边不远处还蹲坐着一只神色幽然的白色猫咪。

这是二零一一年六月的第一个凌晨。

褪去了初春迷离的矜涩，夏日的午夜足以用可爱或迷人来形容。但比起牧风浓郁的傍晚，确实混沌了一些。当时我刚搬来这个居民区没多久，对周围的一切都不太熟悉，只知道靠马路的外围有一家夜间酒吧和两间越南人开的杂货铺，还有就是旧楼拐角的一小处儿童游乐园。那是挤在整群苍老建筑中唯一一块令人感到愉悦的场地——细软的沙砾，两例相互扶摇的秋千，纠结成海的暗粉色蔷薇花，以及一连串被风尘浅浅抚平了的足印。

随着年龄的增长与灵魂的壮大，我对孤独的依赖也愈发强烈起来。在深不可测的黑暗中，在树影无声无息的袒护之下，孤单单的零点散步竟然变成了一件极其浪漫的事情。我曾经很笼统地总结过自己在这座城市的生存状态——朋友不多、交际简单、生活寡淡却也规律。不喝酒不进夜店，只是偶尔遭遇坏心情的时候用咖啡和香烟作为缓解。

那女孩走过来的时候，我正坐在左侧的秋千上抽烟，一面仰头观看隐约闪现于云间的飞机，一面伸出双脚漫不经心地点着地面。午后刚下过一场阵雨，身后被浇透了的矮灌木还蒙着一层潮而腥热的水雾。她快速瞥了一眼便安静而小心翼翼地从我影子前边绕过去，接着又悄无声息般在另一只秋千上坐好。我一直深信凌晨两点钟的游乐场只属于自己，全然没有料到还会有其他什么人选择这个时间至此自娱自乐。于是探了好几回身子想要上前问候，但看到她一副冰冷又半梦半醒的模样，犹豫之下终究没好意思开口。我们只好并排坐着，半梦半醒之间仿佛相隔着整座宇宙。

这般场景持续了好一阵儿。就在我忍不住尴尬想要起身回家的时刻，忽闻背后一阵轻微的"喵喵"声——有猫咪！我被自己的想法吓了一跳，然而下一秒，满心莫名的愉悦一股劲儿冲上了胸口。生怕动作太大惊走它，我只好顿立在原地，再缓缓扭过头去用余光扫荡，一只白色的猫正端端坐在小叶女贞的阴影中。这般突兀的欢乐并非没有原因——感谢上帝！原来与寂寞夜色抗争的，并非只有我一个。

应该是被主人丢弃了的野猫吧，我尽量深屏住呼吸，一面蹲下身子一面伸出一只脚试图接近。就在这时候，荡在半空中的女孩唤了一声,"卡嘉"!恍然间,猫咪像是收到了某种指令,迈着优雅而从容的步履朝这边走来。

"是你的猫?"我终究未能抑制住自己的好奇。而在扭过脑袋的同时,那只猫咪已然被女孩抱在了怀里。

"不,是只野猫。"她起初的戒备心很重,紧张地不敢看我,只是稍微摇了摇头,又用掌心温柔地托起它的下巴,抚了抚头部被泥点挂脏了的毛。

"野猫?可是我刚才听见你叫它'卡嘉'!"我干脆靠近一些,借暗淡的天光望住她的脸,"那……你怎么会认得它?"

"名字是我起的,还为它提供水和食物。"女孩突然加快了语速并冲我匆匆点了点头。我明白,这个下意识的小动作是在感激我的留心与关注。"我是很想收养它,但房东说明了,不能养宠物!"她说着便也抬眼笑笑。虽然只是短暂的一瞥,但月光为证,那发亮的瞳仁确实清澈极了!

"你叫什么名字?"我侧着脸问她,同时伸出一根手指去逗猫咪。女孩闷闷地站在一旁,抱猫的手臂向回缩了缩,却迟迟不肯开口。

我也不好勉强,只能试探着摊开右臂,"我叫克里斯蒂，中国人。"她还是不愿出声，低埋着头等了好一会儿。渐渐地，我半悬在空中的手腕也随之酸痛起来。"你呢？"我浅声催促了一句，还在心里偷偷盘算着：如果她再不说话，我就客客气气地道声晚安然后转身离开……

"索菲亚！我叫索菲亚！"就在我正要收回手掌的时刻，那细而弱的声音追了过来。她的语气有一丝慌张，像是挽留，又像是对自己失礼举止的辩解。"我叫索菲亚！我来自保加利亚！"看我尚未作出任何反应，她整理好情绪重新讲了一遍。接着便弯腰将猫咪放回地上，再站起身来小心翼翼般握住我的掌心。

"保加利亚？我以为你是本地人！捷克语说得真好！"我不禁夸奖道，同时伸手轻轻捂了捂她的臂膀，示意她放松下来。

"谢谢你，我已经在布拉格待了十二年啦！"她说着便瞟了一眼秋千还歪了歪脑袋，"坐下聊？"

"好！"我很利落地答应了。而与此同时，那只猫咪正坐在离我们最近的一处灌木前面悉心梳理自己的毛发。

"你……工作了吗？"我问她。

"工作？不！我还是学生！"她"咯咯"笑了两声，

"怎么，看上去有一点超龄是吗？"又打趣儿道，同时抹平了额头，还用手指使劲儿撑了撑自己的眼角。

"不是不是，我随便问问的。"我赶紧摇了摇手，生怕自己又问错了话。

"我在电影学院学编剧，辅修表演。妈妈是保加利亚出生的捷克人，所以语言对我而言并不算太大问题。倒是后来考大学花了三年时间，所以人就变老啦！"说着，又咯咯笑了起来，一副无所谓的样子。我被这女孩儿阴晴不定的喜乐哀伤弄得有些莫名其妙，索性不去在意，却在心里默默告诫自己：和艺术沾边的人大部分是这样——敏感、多疑，还会因为情绪的失控而显得神经兮兮。

我本以为接下来她会出于好奇反问我一些问题，可是她没有。一小段时间的静默，谁都不肯先开口。直到那只叫"卡嘉"的猫再一次偎到女孩脚边，我才指住它浅声说道："第一次看见放养后还会陪伴主人的猫咪，它一定很喜欢你！"索菲亚点点头。"可如果你散步，她会跟着吗？"我又问。

"跟我来克里斯蒂！和我一起绕着居民区走一圈！"索菲亚说着便从秋千上跳了下来。接着，我也跳了下来。卡嘉"喵"了一声便跟在了身后。凌晨两点半，路上基本没有行人,只留几个倒在草坪边的醉汉,其中一个还哗哗捏着啤酒罐。猫咪的散步的确很有意思,它总是跟我们保持五米左右的距离,还尽量绕道儿走在草丛或汽车的阴影里。行至灯光强烈的区域,便会在角落里等一等,看我们走远了才又紧紧追上来……

"最初发现卡嘉是在楼前面的一棵樱树前面。去年冬天,当时还下着小雪。它在树下一动不动蜷着,和所有无家可归的流浪猫一样,毛发脏脏的。"我走在索菲亚右侧,安静听她讲述着。"我不确定它是不是活着,便捡了根枝条小心戳了戳。就在这时候,它扭过了身子,半眯着眼睛盯住我。我很高兴,可仅仅一瞬间这种喜悦就变成了惶然无措。因为我不知道该把它怎样处理。"索菲亚很动情地看了我一眼,又悲伤地撇了撇嘴。

"我只好上楼去拿了一条浴巾,准备好牛奶和鱼干,将它带回了住处。房东提早便说明不可以养宠物的,可是我暂时想不到更好的办法。"她触景伤怀地叹了一口气。

"那后来呢?还是被发现了吧?"我耐不住性子,追问起来。

"一直挨到了春天,到了猫咪的发情期。有邻居告诉房东，说经常在午夜听到猫叫。后来房东警告我，再不处理掉就搬出去！我问遍了身边所有的朋友，他们都说没有条件领养。我别无选择，便又将它放回了樱树下。"索菲亚抽了抽鼻子，又回头望了一眼跟着我们的猫咪。那神情，就好像在关照一个小小的孩子。

"我以为她会走，和其他猫咪一样寻找并投奔自己的同伴，可是她没有。最初的几天她固执地守在一楼大门口，只要有人开锁它就会溜进来，接着就会被人丢出去。有一次，我眼睁睁地看着它被住在顶楼的哈萨克斯坦男人重重摞出门去，我躲在楼梯拐角掉眼泪，却没有勇气上前将它抱回来。"说到这里，索菲亚已经有些哽咽了。

我揉揉她的背，下意识地停下来等待卡嘉。那只猫咪正躲在一只旧轮胎背后无辜地望着我们。

"再后来，卡嘉算是习惯了这种见面方式。当然，我每天傍晚都会在楼下的花坛里摆上小盘猫粮，有时候加些鱼干和牛奶。它自行觅食，然后等到夜深人静的时候一起散散步。克里斯蒂，不是我无情，这是命运的讨伐，也是我们之间的约定！"索菲亚接着转过身，做错事一般握过我的手肘以寻求安慰。我温柔地拥住她的肩，"这一切都不算太糟，不是吗？"

那天晚上，我久久不肯入睡，满眼都是这个黑发女孩的影子：白色的长裙，迷离而怯懦的眼神，眉骨的轮廓，以及脚边那只坐态安然的白色猫咪……这是我们的初识，在午夜。原本简单的情节却因交错的时间与树影变得离奇起来。

凌晨两点，楼角的游乐场，"午夜秋千"逐渐成为了我们生活中约定俗成的一部分。我们谈电影或音乐，一本正经地讲授彼此的语言，语穷词尽的时候就一人守住一架秋千比赛看谁荡得高，而后互相推搡着像孩子一般肆无忌惮地大笑一场。尽管我们都已经过了胡闹的年龄。

事实上，这场月亮作陪的"幽会"也有间歇的时候。比如我需要熬夜赶学科报告，因为极度困倦而早睡，被突至的暴雨困足于家中，再比如索菲亚在临街小剧场超时的预演……小的缺席都算不上什么，欧洲的生活方式就是这样，大家都秉持着各自的生活理念与独立空间，就算关系再亲密也不会只围绕彼此旋转。对此种交往方式我深表理解，并且很乐意接受且为之改变。然而正常情况下，索菲亚都会比我晚来，然后从背后重重拍我的肩，口中嚷嚷着："克里斯蒂！不爱睡觉的克里斯蒂！乖女孩克里斯蒂！疯狂的克里斯蒂！"这时候，我会用力扳过她的手臂，接着送上一个大到夸张的拥抱。索菲亚从不躲闪，就算偶尔情绪低落也还是会软软搭住我的肩……

然而有一天，黑头发的索菲亚失踪了！也许是搬到了其他住处，总之在一个来月的时间里，我们到底没有碰过一次面。而随之不见的，还有那只被唤作"卡嘉"的猫咪。因而我更加确信自己的猜测——索菲亚定是搬到允许饲养宠物的公寓里去了！就算给予再多好的祝福，可出于顾影自怜的本性，我依然感觉身心遭到了巨大的背叛，因此月黑风高之时我还是会暗暗责怪起她的不告而别来。

很显然，索菲亚不会回来了。我在布拉格仅有的心灵契合的玩伴，她从此不再回来了……以此沉落的安慰作为暗示，反倒轻松了很多。我的习惯照旧，生活沿着原本贫乏的轨道延展。唯一值得炫耀的是，凌晨两点的游乐场终究完完全全回归到了我的手上。

那段时光持续了多久，我自己也说不太清。仅靠习惯维持着单调的生活，任凭岁月流转……

直到八月末——依稀记得那是一个月色无比皎洁的午夜。我同往常一样按点儿来到小游乐场，椴树粗壮的枝干上覆着厚厚一层夏蝉聒噪的叫声。我一时兴起，决定慢跑一圈再来享受秋千，于是绕过沙坑插道儿回主路。

就在穿越草坪的时候，一个单薄而充满悲怜的身影突兀般闪入了我的视线。隔着繁盛的灌木偷偷观望——一个女孩子正抱膝蜷在沙坑旁的长椅上。短裤，吊带棉衫，随意束起的马尾。一双布鞋被漫不经心地顺手撂在几步之遥的草坪上，鞋面的银色铆钉被月光打得锃亮！我没有过多停留便径自走掉了，一路上都在感叹，原来有这么多深夜睡不着的姑娘。

相隔大约半个小时，我从靠车站的大路重新回到了游乐场。一抬头，那个黑漆漆的影子依旧原处坐着，连姿势都没有改变。我有些不知所措，只好慢悠悠地向秋千那边轻步挪动。

"克里斯蒂！"我刚要伸出一只手去扶铁索，便被一阵哀恸却又熟悉的声音攥住了。索菲亚？还是幻觉？我顿时慌了神，想法萌生的同时迅速抬头望过去以便验证。那影子好似迎合了我的目光，站起身朝这边摸过来。她没有穿鞋，光脚淌过苍白的细沙，"克里斯蒂！"再有气无力地唤一声，接着便猛然扑到了我怀里。

是索菲亚！身形、发质、声音、习惯性的举止。虽然我没来得及辨清容貌，但足以确定是她！这女孩将头死死埋在我的后颈，温湿的泪水一束束沾湿了我背部的毛孔。我只好站在原地，一动不敢动地将她搂住。

直到索菲亚不再叫我的名字只是自顾自地低声抽泣,我才扶她在秋千上坐下,又伸出双臂拥住她的头。"不要哭亲爱的,告诉我发生了什么!"没想到经我这么一问,女孩又哭了起来,我的小腹接着也被沾湿了一大块。

她把头埋得更深了,甚至挣扎一般用手臂拼命捆住我的腰。我全然猜不到发生了什么,只觉得胸口堵得喘不过气来。"时间时间,无情的时间,请你稍微走快一点点!"我在心里默默念叨着。

"我怀孕了……"这句话刚一出口,索菲亚便如释重负般滑到了沙坑里,嘴角挂着自嘲的冷笑。"你相信吗克里斯蒂?现在有一个孩子在我的肚子里!"她筋疲力尽地指了指自己,又同时很勇敢地仰起头来寻找我的眼睛。

虽然我没有过类似的经历,但转瞬之间好似整个世界都黯淡下来了。我用力晃了晃脑袋,难以置信地问回去:"索菲亚你再说一遍,我没听清!"

"我怀孕了,克里斯蒂!"这女孩用尽全身力气截住我的目光,又重了重语气。"这是事实,不要怀疑我!"

我跟随她蹲下身,脱掉鞋子坐在细细的沙面上,接着又向近处靠了靠,踏实地环住她的手臂。

"我不是个坏女孩,克里斯蒂,相信我!我没有勇气告诉任何人,只好跟你说!这简直是心头大患,憋得我就快要爆炸了!"索菲亚一把抓住我,生怕我会丢下她逃跑似的。"我真的很爱那个男人,我控制不住自己,我们相爱,我可以不计后果地给他他想要的一切!我真的控制不住……"

"男朋友?这件事他知道吗?"我轻轻拍打着女孩的后背。

索菲亚沉默着摆摆手,将头埋得更深,一副难以启齿的样子。我只好不再追问,却也隐隐猜到了什么,便小声安慰着:"亲爱的,如果你想说就统统讲给我听。如果不想说,我就陪你坐着!"

那个男人叫哈维尔,捷克人,在市中心的律师行工作,有妻子,女儿已经七岁了。

"你知道吗克里斯蒂,我们的相识简直可以归于命运的安排!"此刻,索菲亚已然重新跌入了甜蜜而温柔的漩涡之中。

"怎么讲?"毕竟是浇注了情感的桥段,我的心神立刻振奋了起来。

"我去瓦茨拉夫额咖啡馆喝下午茶。也是由于闲来无事,临走的时候在纸杯外壁签上了自己的名字和电话号码。我当时就想,谁会那么无聊会打给我,最终不过是被丢入垃圾箱。虽然这么想,但内心深处总归是期盼发生点什么的。"索菲亚无法释怀般拨了拨头发。

"结果是那个哈维尔打给你的,对吗?"我饶有兴趣地接过话。

"猜得不错,就是他!有天中午我接到一个陌生电话,说是按照号码拨来的,我半天才反应过来,实在是吃惊极了!我发誓,在那一刻我已经对他产生了好感!"索菲亚低头抓起一把沙子,又攥紧拳头让它们从指缝间溜走。"他说最初也不能确定是不是诈骗,只出于好奇想要冒险试一试。还说自己确实抱了侥幸的心态,说不定真会撞上一个同名字一样漂亮的姑娘!"说到这儿,女孩万般苦涩地扬了扬嘴角。

一开始就甜言蜜语地轰炸,怪不得索菲亚会这么快投降!我心里想着,又丢出一句,"然后呢亲爱的?"

"然后他约我第二天共用晚餐,在郊区一家相当优雅的法式餐厅。他总是唤我'小姑娘'!你不明白,这个再普通不过的称呼在我听来是多么巨大的宠溺!"

是啊,法国菜、红酒、浪漫的音乐,加上缠绵悱恻的烛光是最能打动女孩子的!我挑了挑眉毛,表示自己在认真聆听。

"哈维尔看起来是个君子!着装上等,谈吐不凡,行为正义而机警！"索菲亚继续道，"最重要的是眼神，哈维尔的目光里时刻充注着悲悯！上帝，我不知道自己怎么了，我对他一见钟情！"她一边说一边放肆地抹起眼泪来，就像是在打捞着一片湿透了的美好回忆。

他们就是从那一天开始相处的。说不上爱与不爱，藏匿于阳光背后的暧昧总是有一些的。

"你所看到的这一面也许仅仅是工作赋予他的！亲爱的，他是一名律师！一个与法制和正义打交道的人！这并不意味着他在私人生活中也是一个正直的人。"我相对理智地讲给她听。

"不！他是！"没想到索菲亚立刻狠狠辩驳了过来。"他的举手投足间都表现出与世俗格格不入的贵族气质！相处这么久，我从未怀疑、否定过他的精神！他是律师，一个极具英雄主义的男人！一个救人于水深火热之中的男人！"她激动得就要跳起来了，我只好朝外侧挪了挪。

"对不起索菲亚，我不是故意诋毁他。我只是觉得，你的认知过于偏激了。"我偷偷瞥了她一眼，"我是说，他深知自己是有妻子的男人。"

索菲亚眼中的火骤然间熄灭了，她深深叹了一口气，"我知道，我一直都知道……"沉默了一会儿又继续道："这就是我深爱他的原因。他拒绝过我，三番两次地拒绝我！他一开始就讲清楚了自己的处境，然而他越是拒绝我就越是无法自拔。我说服不了自己的情感。我承认自己的感性远远大过了理智，可我也不得不承认，活了25年，第一次如此纯粹地爱上一个男人！"说到这儿，又哀声痛哭起来。"你懂吗克里斯蒂？在责任、道德、约束、人性以及不可控的情感之间挣扎，我就快要崩溃了！我不是个坏女孩克里斯蒂！我只是无可救药地爱上一个人而已！结果呢，我们两个一起沦陷了……"我一只手拍她的背，又向近处靠了靠，同时挽起裙边轻拭起她的泪水来。

过了好一会儿，看她差不多哭够了，我便缓缓开口道："太晚了索菲亚，今晚住我家吧！喝杯牛奶然后好好儿睡一觉，就现在这个精神状态，我不可能放你走！"见她全然失去了反抗的气力，只好顺着自己的意思拖她上楼去。

屋子里很闷，我只好大敞开一面窗子。这时候，索菲亚已经在靠床的角落里坐好了，又探探手示意我一并坐下来，好像想继续说些什么。

我从厨房将温好的牛奶端过来，"喝了它，里面加了一点儿百利酒。"接着挨她坐下还将一床薄毯拉至膝盖。

"抱歉克里斯蒂！我就是想说话，想把一切一切的积怨说出来！"她无助地看住我，又歉疚地埋下身子。

"你说，我一直听着。正好我明天没有课！"看我这般反应，她很信任地将脑袋支上了我的肩头。

"前段时间我搬去了哈维尔在郊区的住处，还有卡嘉。算是生命中相当幸福的时光，你不知道，我五岁就失去了父亲，他喝酒，之后便出了车祸！从此以后，我的内心深处存在着一个探不到底的黑洞，需要很多很多的爱来填充。而哈维尔的付出让我感到了前所未有的关怀与安慰！我知道，我无论如何都是离不开他的！"索菲亚安静地讲述着。

"感情的确没有对错，可是很显然，你已经迷失了！索菲亚你要明白，无论结果如何你都会受到极严重的伤害的！"我用力贴住墙壁，尽量使自己精神一些！

"哈维尔的两面性极强！白天是众目之下刚正又机敏的拯救者，而每到夜晚，他便脱去面具恢复成了那个脆弱疲惫且需要关爱的小孩子。最重要的是，这个孩子是我的，他只属于我！"很显然，她并没有听我说了些什么，只是自顾自地表达罢了。

"就好比一只猫咪，克里斯蒂！就算它在陌生人面前再高贵,再桀骜不驯,在心爱的人怀中它依旧是只柔弱而敏感的猫咪。它惧怕自己的爱被看穿,却又努力将最深层的渴望倾泻出来。就算阳光下尊严的躯壳再坚硬,夜深人静的时候,也会期盼被爱情抚摸……而哈维尔就是我的猫咪。众人在意他大为光辉的一面,而我,只爱这个人丛背后的小男孩。"索菲亚的眼中有光,说到动情之处就好像一位充满爱与仁慈的母亲!

"你知道……我的意思是,他也许不仅仅是你的猫咪。我是说……"我吞吞吐吐地表达,生怕长矛般的言语刺伤近乎凋零的索菲亚。

"你是说他的妻子?"女孩口气凛冽地将话头抢了过去。"他们已然没有了爱情!他对她只有责任,长久以往,他为她抑制自己的渴望!可是这该死的控制应该告一段落了!"

"放松下来亲爱的!放松!"我轻揉她的手臂安慰道,又将那紧握在掌间的牛奶杯抽了出来。"他不爱她?怎么说?"这话问得相当自私,纯属为了满足窥探他人秘密的欲望,却逼迫索菲亚再次陷入痛楚。而值得庆幸的是,她非但没有丝毫拒绝,反而云淡风轻般娓娓解释起来。看她的样子,好似一早便料定了我会这么问。

"很多年前,哈维尔还是毫无名气的小律师。因为利益，他故意打输了一场经济官司，并因此很成功地晋级。此事虽听来荣耀却将他拖入了无休止的歉疚与恐惧当中，为了自我救赎，只好和深深爱慕并信任自己的斯美塔娜结婚了。而这个女人正是事主的女儿。他郑重承诺，只要活着就要对她负责任，不离不弃！"说着说着，索菲亚又开始抽泣。很显然，新一轮的悲哀就要将这个可怜的女孩儿摧毁了！

"不离不弃？所以呢？现在来看不正是一种背叛吗？你到底爱他什么？我真的有一些糊涂。"除非遭受了相似的境遇，否则"痛苦"这种东西是很难脱离理性与他人感同身受的。

"斯美塔娜霸占了哈维尔现实的全部不是吗？她比他大六岁！这个女人像母亲那样管教并控制着他！分明就是那些愚蠢而浅薄的束缚做过了头！"索菲亚将毯子一把拽开。"弹簧越压便会跳得越高，克里斯蒂，人性是一样的，抑制过度必然适得其反！"

"是啊，阳光有多广阔，阴影便会有多深沉。我懂的，我懂……"不知道怎么了，听索菲亚这么一说，我反而同情起那个男人来。

"所以，你是想要从道德荆棘绕成的牢笼中解救他的灵魂啰？你到底想从他那里得到什么？"我同情索菲亚的处境，却无法理解她的固执。深知没有结果的事情，为什么要去做呢？

"是互相拯救，克里斯蒂！斯美塔娜统治了他的现实生活，而我只想给予他精神上的抚慰。服从、崇拜、娇嗔以及随性与不谙世事。这就是独具英雄情结的哈维尔想要的，上帝！仅此而已！于我，需要一个父亲般的男人——成熟、宽厚、沧桑、体谅，还有相辅相成的安全感。"索菲亚侧过身，脑袋用力磕着墙壁，"可是我怀孕了，我很痛苦……上帝，求你告诉我该怎么办！"

"你明明知道，他给不了你任何实质性的帮助。"

"我不需要！我爱的是哈维尔这个人，而不是生存的附属品！我被他迷人而纯粹的灵魂所吸引，这是命运的交换，克里斯蒂！"捍卫自己的意识？好吧，女孩儿，只要你不后悔就好！

我起身去关窗，天边已然泛起了微亮的鱼肚，整夜的沉郁就要将我们压垮了。索菲亚筋疲力尽地靠在墙角，头发凌乱地披散开。

"对了，你用不用跟哈维尔说一声晚上不回家？"我一面整理床铺一面问她。

"家？"她小声重复了一遍，又愣愣地盯了我两三秒。这般温馨又安全的词汇，此刻却化作了芒刺般。"哦，他今晚不在那儿，不要紧的。"她草草答道。

我费力地将女孩儿搬到床上，又端来清水帮她擦拭身体，"睡一会儿吧，天就要亮了。不要再拼命挣扎亲爱的，你已经很累了……"

"倘若真的无法阻止这场爱情的结束，也只能祈求我的死亡能够发生在分别的前头！"索菲亚泪眼迷离地看着我，那无助的眼神就像是一只伤痕累累的小兽。

"别乱说，亲爱的，好好睡，什么都不要想……"这一刻，她的精神已然恍惚了。就当是神志不清的表述。待到女孩闭上眼睛，我才又换了睡裙在床外侧躺下。

天光隔着百叶窗漏在我的眼睛上，睡眠终究是被切断了。看着索菲亚婴儿般缩成一团的背影，不禁为她心疼起来。我看了表：六点过七分。干脆爬起来去买咖啡和早餐。索菲亚睡得很沉，还轻微打着呼噜。我留了字条便出门了，坐大巴去三站之外的甜品店。

"麻烦您，请问孕妇适合吃什么？"我一边问一边在整齐成列的新鲜蛋糕之间搜寻着。

柜台后那位四十来岁的胖女人先是盯了我一眼，又立刻强装出笑容指了指左手边的那一列,"萝卜蛋糕!"

"好,就拿那块儿。还要一个蓝莓奶酪,两杯中号拿铁!"我指了指头顶上的那块手绘小黑板。

"女士,咖啡因对孕妇不好!"那女士虽不耐烦却也好心提醒了。

"那就一杯咖啡,一杯热巧克力好了!"我谢过她,这才哗哗地将大把硬币倒在了柜台上。

回到家,索菲亚正在替我整理床铺。"早安,亲爱的,感觉好些了吗?"我将早餐排在小木桌上,跟着转身上前贴了贴她的脸。

"好多了,克里斯蒂!谢谢你!"说着便不好意思地笑了笑。"我买了热巧克力,快喝吧,一会儿凉了!"

"索菲亚,你打算怎么做?"我一边叉着芝士上层的一颗蓝莓一边问她。

"我不知道,脑子里乱极了!我暂时还不想告诉哈维尔孩子的事。"她说着,动作随之慢了下来。

"为什么不说?他也背负了责任不是吗?亲爱的,和哈维尔商量商量吧。"索菲亚扫了我一眼,便闷闷低下头去,没有点头也没有说话。

片刻的缄默……她将杯子端到嘴边，又犹犹豫豫地放下，"从一开始我们就料定这段关系迟早是要结束的，只是没想到这么突然罢了。"她喝了一口，继续道，"我一直跟自己说，不要太贪心，抱住彼此的灵魂就足够！我始终是这么做的……也只能这么做。"算是点到为止，索菲亚干脆放下叉子，用手抓着蛋糕大口咀嚼起来。"谢谢你，克里斯蒂！很可口！谢谢你！"我拍拍她的背，示意她慢一些。

　　餐后又坐着聊了一会儿电影，索菲亚起身要走。我送她到楼下，又开口要联系方式。"我不想你担心，克里斯蒂，我的生活自己可以处理好！如果真有需要，我会在游乐场找你！"不知道是不是怕我挂心才这样说的，但不管怎样也算是约定！以防万一，我固执地写下自己的号码塞到她口袋中，"要注意饮食，还要多了解健康方面的知识！"

　　"那哈维尔呢？还会继续在一起吗？"出于关心，我不免多问了一句。

　　"亲爱的，如果你深爱一个人，你更愿意让他和别人享受天堂，还是只因一时的占有让他与你一同沦入地狱？"

　　一时间，我竟失去了思考的能力，只好吻她的额头，就此别过……

至于索菲亚的死讯，正是哈维尔先生通报的。那是一个下着雨的黄昏，陌生的号码，喑哑却柔和的嗓音。他说："克里斯蒂，索菲亚死了，克里斯蒂，我在她的手机里只查到了你的号码，克里斯蒂。"他的声音听起来那么惨淡，却有着一丝不挂般的云淡风轻。

"你混蛋！"自始至终我只说了这一句。可直到挂电话，哈维尔一刻都没有停止过哭泣。

索菲亚死了，死在自己家的浴缸里。玻璃片划过她的手腕，腥热的鲜血便迫不及待地涌了出来。再老套不过的桥段，怎么就发生在了我的生活中？难道是恍然一梦？我靠在窗台边愣了很久，等到路灯被夜幕点燃，这才抓了钥匙发疯似的一股劲儿冲进了大雨里……

一年之后的此刻，我坐在微醺的月光下，在摇篮曲般的夜风中，秋千高高荡起。我穿着白色的裙子，光着脚丫，想象着卡嘉，想象你就坐在我的身旁。虽然难以启齿，但我依然想要告诉你——我爱上了一个和哈维尔处境相似的男人，他在世界的另一端，他有着黄皮肤、黑头发，和一双能够看穿我灵魂的眼睛。爱上他的那一刻起，我突然明白了你当初的情绪。然而我不会偏执，只祈祷不问明天，健康而平和地走去……

索菲亚,这里有一首小诗送给你,以及绝望至无言的爱情。我就要将它埋在那丛小叶女贞的泥土下——

> 亲爱的,请你抱紧我。
> 在五月的墓碑前面,你听——
> 乌鸦与黑云正聚在枝头唱着窃喜的哀歌。
>
> 我,早已不是我,是滴着血的花瓣,
> 狠狠捆住你的影子,淌成了一条黑暗而丑陋的河流。
> 我说上帝!
> 请收容我的真实,宽恕彼此的伤害,以及——
> 因爱而生的过错!
>
> 我俯下身子,一日一夜虔诚而痛苦地哀求。
> 可是你,
> 终究会从那脆弱不堪的意念中落荒而逃。
>
> 这绝望,只好被埋在树藤与土壤的坚固缝隙之中,
> 不要因留恋与不甘而切去我的头颅。

如果你愿意,
请带着微笑,用月末最后一朵带刺的玫瑰花
剥开我的胸膛,
并愉快地,愉快地,将心脏取走……

图书在版编目（CIP）数据

枕边的波西米亚 / 米娅著. -- 哈尔滨：北方文艺出版社，2013.9（2021.3重印）

（彼岸花）

ISBN 978-7-5317-3149-8

Ⅰ.①枕… Ⅱ.①米… Ⅲ.①短篇小说-小说集-中国-当代 Ⅳ.①I247.7

中国版本图书馆CIP数据核字（2013）第203203号

枕边的波西米亚
Zhenbian De Boximiya

出品人 / 宋玉成

责任编辑 / 安 璐　陈路露	封面设计 / 韩　冰
出版发行 / 北方文艺出版社	印　刷 / 保定市铭泰达印刷有限公司　网　址 / www.bfwy.com
地　址 / 哈尔滨市南岗区宣庆小区1号楼	邮　编 / 150008　经　销 / 新华书店
开　本 / 880×1230　1/32	字　数 / 150千　印　张 / 9.25
版　次 / 2014年1月第1版	印　次 / 2021年3月第2次印刷
书　号 / ISBN 978-7-5317-3149-8	定　价 / 49.80元